COLLECTION FOLIO

Flannery O'Connor

# Un heureux événement

*suivi de*

# La Personne Déplacée

*Traduit de l'américain par Henri Morisset*

Gallimard

Ces nouvelles sont extraites du recueil *Les braves gens ne courent pas les rues* (Folio n° 1258).

Née en Géorgie à Savannah, le 25 mars 1925, Flannery O'Connor appartient à une famille de tradition catholique dans un Sud fondamentaliste protestant. Toute sa vie, elle sera hantée par le mystère de la foi et le sens du mal. Après des études à l'université de l'Iowa, elle revient à Milledgeville, dans la ferme familiale coincée entre le pénitencier et l'asile d'aliénés, où elle mène une vie recluse à cause de sa santé fragile. En effet, elle n'a que vingt-cinq ans quand une maladie congénitale, qui détruit progressivement et inéluctablement les tissus, l'oblige à se déplacer avec des béquilles. Malgré son handicap, elle fait preuve d'une grande force et d'un sens de l'observation impitoyable et met toute son énergie dans l'écriture. Dans ses romans et nouvelles, elle décrit avec un humour féroce un Sud de terres rouges, écrasé par le soleil, avec ses Noirs et les petits Blancs misérables à l'époque de la guerre froide et du combat pour les droits civiques… Lorsqu'elle meurt en 1964, elle laisse deux romans : *La sagesse dans le sang, Et ce sont les violents qui l'emportent*; trois recueils de nouvelles : *Les braves gens ne courent pas les rues, Mon mal vient de plus loin* et *Pourquoi ces nations en tumulte ?* et un volume de correspondance, *L'habitude d'être.*

En quelques années et quelques livres, Flannery O'Connor s'est imposée comme l'une des principales romancières du Sud aux côtés de William Faulkner et Erskine Caldwell.

*Découvrez, lisez ou relisez les livres de Flannery O'Connor :*

LES BRAVES GENS NE COURENT PAS LES RUES (Folio n° 1258).

L'HABITUDE D'ÊTRE (L'Imaginaire n° 485).

# *Un heureux événement*

Ruby franchit la porte de l'immeuble, se baissa pour poser le gros sac en papier avec les quatre boîtes de haricots extra-fins sur la table de l'entrée.

Elle était trop fatiguée pour dénouer l'étreinte de ses bras autour du sac, ou pour se redresser — elle restait sur place, le buste affalé, la tête posée sur le haut du sac comme un énorme légume rouge. Elle regarda, pétrifiée par la surprise, le visage qui lui faisait face dans le miroir terni et rongé de taches jaunes au-dessus de la table — un visage qu'elle n'arrivait pas à reconnaître. Sur la joue droite, une feuille craquelante de chou vert était collée : elle avait dû faire la moitié du chemin avec. Elle la fit sauter rageusement d'un revers de bras et se redressa en marmonnant : « Des choux verts ! » d'une voix assourdie par une colère qu'elle sut maîtriser. C'était une femme de petite taille, dont la silhouette évoquait une urne funéraire. Ses cheveux couleur de mûres s'entassaient autour de sa tête comme des petits pains à saucisses, mais certains rouleaux s'étaient défaits sous l'action de la chaleur et de la longue marche depuis l'épicerie, et se débandaient dans toutes les directions. « Des feuilles de choux ! » dit-elle en crachant les mots comme des graines vénéneuses.

Il y avait cinq ans que Bill Hill et elle n'avaient mangé de choux verts et ce n'était pas maintenant qu'elle allait se mettre à en faire. Ceux-là, elle les avait achetés pour Rufus, mais c'était bien la dernière fois. Après deux ans de service armé, on aurait pu penser que Rufus se contenterait de manger comme tout le monde, mais non. Lorsqu'elle lui avait demandé s'il voulait quelque chose de spécial, il n'avait même pas eu l'esprit de proposer un plat civilisé, il avait répondu : « Des choux verts. » Elle avait espéré que Rufus se serait transformé, aurait pris un peu de caractère. Erreur profonde ! c'était une vraie lavette.

Rufus était son jeune frère, qui rentrait des opérations en Europe. Il était venu habiter chez elle, parce que Pitman, où ils s'étaient élevés, n'existait plus. Tous ceux qui y avaient habité avaient eu la bonne idée d'en partir, soit en mourant, soit en déménageant pour la ville. Elle avait épousé Bill B. Hill, originaire de la Floride, qui vendait des produits miracles, et ils s'étaient installés en ville. Si Pitman n'avait pas disparu, Rufus y serait encore. S'il était resté un seul poulet à Pitman, Rufus y serait resté aussi, pour lui tenir compagnie. Il lui en coûtait d'avoir à porter pareil jugement sur un membre de sa famille, sur son frère particulièrement, mais c'était un fait : Rufus était le bon à rien intégral. « Je m'en suis aperçue au bout de cinq minutes », avait-elle dit à Bill Hill son mari, et Bill Hill avait répondu, imperturbable : « Et moi, au bout de trois. » C'était humiliant qu'un mari comme Bill s'aperçoive qu'on a un frère de cet acabit.

Elle se dit qu'il n'y avait sans doute rien à y faire. Rufus ressemblait à tous ses frères et sœurs : elle était la seule dans cette famille qui fût différente, la seule qui eût un peu d'énergie.

Elle prit un bout de crayon dans son agenda de poche et écrivit sur le sac : « Bill, monte ça là-haut. » Au pied de l'escalier, elle rassembla tout son courage pour grimper jusqu'au quatrième.

L'escalier faisait une étroite déchirure noire au centre de l'immeuble ; un tapis gris taupe le recouvrait, qui semblait pousser sur le parquet. L'escalier se dressait à pic, comme celui d'un clocher. On eût dit qu'il se cabrait. À l'instant où elle mettait le pied sur la première marche, il se raidissait et se cabrait à son intention. Lorsqu'elle levait les yeux sur cette falaise de marches, sa bouche s'ouvrait et se refermait de dégoût. Au reste, le moindre escalier l'épuisait. Elle était malade. Madame Zoleeda le lui avait dit, mais elle s'en était déjà rendu compte. Madame Zoleeda était la chiromancienne de la 87ᵉ Rue. Elle avait dit : « Une longue maladie », mais avait ajouté à mi-voix, avec l'air d'en savoir beaucoup plus long : « Mais elle sera suivie d'un événement heureux. » Puis elle s'était rassise avec un grand sourire : c'était une grosse femme, dont les yeux verts roulaient dans leur orbite, comme s'ils avaient été huilés. Point n'était besoin qu'elle fît tant de mystères : Ruby savait déjà quel était l'heureux événement : un déménagement. Depuis deux mois, elle avait la nette sensation qu'ils allaient déménager. Bill Hill ne pouvait plus s'y opposer bien longtemps. Il ne pouvait pas la tuer ! Son rêve, c'était d'habiter un proche faubourg — elle entreprit l'ascension, penchée en avant, agrippée à la rampe —, un faubourg avec des magasins, une épicerie et un cinéma tout près. Ils habitaient dans le centre, mais les commerces ne se trouvaient qu'à huit rues de la sienne, et le supermarché encore plus loin. Elle ne s'était guère plainte pendant cinq ans, mais maintenant, malgré sa jeunesse, il y allait de sa santé. Que croyait-il donc qu'elle allait faire ? Se laisser tuer ? Elle avait quelque chose en vue à Meadowcrest Heights, une maison jumelle à stores jaunes. Elle s'arrêta à la cinquième marche pour souffler un peu. À son âge — trente-quatre ans — qui aurait pu croire que cinq marches puissent lui couper le souffle ? « Vas-y doucement, ma fille, se dit-elle, t'es trop jeune pour faire sauter tes vitesses. »

À trente-quatre ans une femme n'était pas vieille, loin de là. Elle se rappela sa mère à trente-quatre ans. On aurait dit une pomme jaune, toute ridée, aigre comme elle l'avait toujours été, toujours en train de rechigner. Elle se compara, à trente-quatre ans, avec sa mère au même âge. Les cheveux de sa mère étaient déjà gris — les siens ne le seraient pas, même si elle ne les teignait pas un peu. Toutes ces maternités, voilà ce qui avait tué sa mère. Huit enfants ! Deux morts à la naissance, un troisième à un an, un autre écrasé par une moissonneuse. Sa mère mourait un peu plus à chaque naissance. Et tout ça pourquoi ? parce qu'elle ignorait certaines choses, par ignorance, par ignorance pure et simple.

Et puis il y avait ses deux sœurs, mariées l'une et l'autre depuis quatre ans, avec quatre enfants chacune. Elle n'arrivait pas à comprendre comment elles pouvaient supporter ça — toujours fourrées chez le docteur, à se faire tripoter avec des instruments. Elle se souvenait quand sa mère avait eu Rufus. De tous ses frères et sœurs, elle était la seule qui n'avait pu y tenir : elle était allée jusqu'à Mesly — quinze kilomètres à pied — par un soleil torride ; elle était rentrée dans un cinéma, pour oublier ces cris ; elle avait vu deux westerns, un film d'épouvante, et un film à épisodes, puis elle était revenue à pied, pour découvrir que ça ne faisait que commencer, et elle avait dû entendre ça d'un bout à l'autre de la nuit. Tout ce martyre pour Rufus ! pour cette lavette, cette chiffe molle ! Elle l'imaginait avant sa naissance : il attendait, Dieu sait où, il ne faisait qu'attendre, attendre de transformer sa mère, qui n'avait que trente-quatre ans, en une vieille femme. Elle s'accrocha à la rampe et se hissa sur la marche suivante, en hochant la tête. Seigneur, qu'il l'avait déçue ! Elle qui avait informé tous ses amis que son frère rentrait d'Europe — et il était tombé un beau jour, avec l'air de n'être jamais sorti d'un toit à cochons.

Il faisait vieux, lui aussi, plus vieux qu'elle, avec quatorze ans de moins. Elle faisait très jeune pour son âge. Non pas qu'une femme soit vieille à trente-quatre ans, et en tout cas, elle avait un mari. Elle sourit malgré elle à cette pensée, car elle avait infiniment mieux réussi que ses sœurs : elles avaient épousé des garçons du coin. « Cet essoufflement », marmonna-t-elle en s'arrêtant encore. Elle décida de s'asseoir un moment.

Il y avait vingt-huit marches entre deux étages, vingt-huit ! Elle s'assit et bondit aussitôt : il y avait quelque chose sur la marche. Elle retint son souffle, puis retira l'objet : c'était le pistolet de Hartley Gilfeet, vingt-cinq centimètres de fer-blanc perfide. Hartley était un gamin de six ans qui habitait au cinquième. S'il avait été à elle, elle lui aurait sonné les cloches tant et si bien qu'il ne saurait même plus comment faire pour laisser traîner son bric-à-brac dans un escalier public. Elle aurait très bien pu tomber dans cet escalier et s'abîmer le portrait. Mais son imbécile de mère ne ferait rien au gamin, même si elle allait lui raconter la chose. Elle n'était bonne qu'à lui crier après et à dire aux gens qu'il était très intelligent. « Hartley-Ma-Chance », c'est comme ça qu'elle l'avait baptisé. « C'est tout ce que m'a laissé son pauvre papa ! » Son papa avait dit sur son lit de mort : « À part lui, je t'ai jamais rien donné ! », et elle avait dit : « Rodman, tu m'as donné un trésor, et la chance de ma vie » ; depuis ce temps-là, elle appelait le gosse « Ma-Chance ». « Ma-Chance ! je te le fesserais jusqu'à ce qu'il n'ait plus envie de dire son nom », grommela Ruby.

Les escaliers s'élevaient et descendaient, comme une bascule qui se balançait avec elle au milieu. Elle ne voulait pas avoir envie de vomir. Non, plus de ça — pas maintenant. Non. Elle n'avait pas mal au cœur. Elle s'assit sur l'escalier, les yeux étroitement fermés, jusqu'à ce que son vertige s'apaisât et que la nausée passât. « Non, je n'irai pas voir de médecin. Non. Non. » Elle n'irait pas. Il faudrait qu'on la mette complètement K.-O. avant de l'emmener chez un médecin. Depuis des années, elle se soignait toute seule, et pas si mal que ça : pas de longues indispositions, pas de dents à enlever, pas d'enfants, et tout ça sans l'aide de personne. Si elle n'avait été si prudente, elle aurait au moins cinq enfants, à l'heure qu'il était.

Plus d'une fois, elle s'était demandé si son essoufflement ne venait pas du cœur. De temps à autre, en montant les escaliers, elle ressentait une espèce de douleur dans la poitrine. Voilà ce qu'elle aurait voulu avoir : une maladie de cœur. Ce n'était pas très facile de vous enlever le cœur. Avant de pouvoir l'emmener à l'hôpital, il faudrait l'assommer, il faudrait — et si on la planquait là et qu'elle meure ?

Mais non, il n'y avait aucun risque.

Sait-on jamais — si elle venait à mourir ?

Elle se contraignit à chasser d'elle ces tragiques pensées. Elle n'avait que trente-quatre ans. Ce n'était qu'un petit malaise passager. Elle était rondelette et avait le teint frais. Encore une fois elle se compara à sa mère, et elle se pinça le bras et sourit. Elle n'avait pas mal réussi, car, en somme, ni son père ni sa mère n'avaient eu grande allure. Ils étaient du genre desséché, racorni, et Pitman les avait encore plus racornis, tout ça s'était ratatiné et glacé ensemble. Et c'est de ça qu'elle était sortie ! Une fille si pleine de vie ! Elle se leva, serra la rampe en se souriant à elle-même. Elle était chaude comme une caille, rondelette et belle, et pas trop grosse parce que c'était ainsi que Bill Hill l'aimait. Elle avait légèrement engraissé, mais il ne s'en était pas aperçu — il semblait trouver plus de plaisir avec elle depuis quelque temps, sans savoir pourquoi. Elle était dans la plénitude de sa beauté, une femme épanouie qui montait l'escalier. Elle avait atteint le premier étage maintenant, et elle regarda derrière elle, satisfaite. Quand Bill Hill serait tombé dans ces escaliers, rien qu'une fois, ils déménageraient sans doute. Mais ils déménageraient bien avant ça ! Madame Zoleeda l'avait deviné. Elle rit tout fort en s'engageant sur le palier. La porte de Mr. Jerger grinça et la fit sursauter. « Bon sang, se dit-elle, *Lui !* » C'était un locataire du premier, un peu bizarre.

« Bonjour ! dit-il en inclinant le buste dans l'entrebâillement de la porte. Bonjour à vous ! » Il avait l'air d'une chèvre, avec ses petits yeux qui ressemblaient à des raisins secs et sa petite barbiche ; sa veste était d'un vert presque noir ou d'un noir presque vert.

« Bonjour, dit-elle. Vous allez bien ?

— Fort bien, s'écria-t-il. Fort bien, par une si radieuse journée ! » Il avait soixante-dix-huit ans et on eût dit que son visage était piqueté de moisissure. Le matin il lisait des livres, et le soir il faisait les cent pas sur le trottoir, arrêtait les enfants, leur posait des questions. Chaque fois qu'il entendait quelqu'un passer sur le palier, il ouvrait sa porte et jetait un coup d'œil.

« Oui, c'est une belle journée, dit-elle d'une voix nonchalante.

— Savez-vous quel grand anniversaire nous fêtons aujourd'hui ? demanda-t-il.

— Euh non », dit Ruby. Il posait toujours des questions de ce genre. Une question d'histoire, que tout le monde ignorait : il la posait puis faisait tout un discours dessus. Il avait été professeur de lycée.

« Devinez ! insista-t-il.

— Abraham Lincoln, marmonna-t-elle.

— Allons donc ! Vous n'essayez même pas de trouver ! Faites un petit effort !

— George Washington, dit-elle, le pied sur l'escalier.

— Vous devriez avoir honte ! s'écria-t-il. Et votre mari qui en vient. La Floride ! La Floride ! C'est l'anniversaire de la Floride ! Venez voir... »

D'un index effilé, il lui fit signe d'approcher et disparut dans son appartement.

Elle redescendit les deux marches et dit : « Faut que je m'en aille » ; elle passa la tête à la porte. La pièce était plutôt un vaste cabinet, et les murs étaient entièrement recouverts de cartes postales représentant les monuments de la région ; ça donnait l'illusion d'une pièce plus vaste. Une seule ampoule pendait au-dessus du petit bureau où

Mr. Jerger se tenait maintenant, courbé sur un livre.

« Écoutez bien ceci », lui dit-il. Il lut, suivant du doigt les lignes : « “Le dimanche de Pâques 3 avril 1516, il arriva à la pointe de ce continent.” Savez-vous quel est cet “IL” ? demanda-t-il.

— Oui, Christophe Colomb, dit Ruby.

— Ponce de Léon ! s'écria-t-il. Ponce de Léon ! Vous devriez être documentée sur la Floride ! Votre mari en vient.

— Il est né à Miami, dit Ruby. Il n'est pas du Tennessee.

— La Floride n'est pas un État qui a des titres de noblesse, dit Mr. Jerger, mais c'est un État important.

— D'accord qu'il est important, dit Ruby.

— Savez-vous qui était Ponce de Léon ?

— Le fondateur de la Floride, dit allègrement Ruby.

— C'était un Espagnol, dit Mr. Jerger. Savez-vous ce qu'il cherchait ?

— La Floride, dit Ruby.

— Ponce de Léon cherchait la fontaine de Jouvence, dit Mr. Jerger, en fermant les yeux.

— Ah ! marmonna Ruby.

— Une certaine source, continua-t-il, dont l'eau donnait une éternelle jeunesse à ceux qui la buvaient. En d'autres termes, il essayait de rester toujours jeune.

— L'a-t-il trouvée ? » demanda Ruby.

Mr. Jerger garda le silence, les yeux toujours clos. Puis il dit : « Vous croyez qu'il l'a trouvée ? Vraiment ? Vous pensez qu'il aurait été le seul à y aller s'il l'avait découverte ? Vous croyez qu'il resterait un seul homme au monde qui n'ait point bu l'eau de cette fontaine ?

— Je n'avais pas réfléchi à ça, dit Ruby.

— Personne ne réfléchit plus, se lamenta Mr. Jerger.

— Il faut que je m'en aille...

— Oui, on l'a trouvée, dit Mr. Jerger.

— Où ça ? demanda Ruby.

— Et j'ai bu de son eau.

— Où faudrait-il aller ? » demanda-t-elle. Elle se pencha un peu et reçut son odeur — c'était comme si elle avait mis le nez sous l'aile d'un busard.

« Dans mon cœur, dit-il, la main sur le cœur.

— Ah ! dit Ruby, en battant en retraite. Faut que je parte. Je crois que mon frère est à la maison. » Elle recula jusqu'à la porte et sortit sur le palier.

« Demandez à votre mari s'il sait quel est ce grand anniversaire, dit Mr. Jerger, en lui jetant un regard timide.

— Oui, certainement. » Elle fit mine de partir, mais attendit que sa porte se fût fermée. Elle se retourna pour voir si elle était bien fermée. Alors, elle aspira un grand coup en levant les yeux sur les falaises qu'il lui fallait escalader encore. « Dieu tout-puissant ! » dit-elle. Plus on s'élevait, plus elles étaient escarpées et noires.

Elle n'avait pas monté cinq marches que déjà elle était à bout de souffle. Elle poursuivit un peu son effort, en haletant, puis s'arrêta. Elle avait une douleur au ventre. Elle l'avait déjà ressentie, quelques jours avant. On aurait dit que quelque chose y exerçait une poussée. C'était cette douleur qui lui faisait le plus peur. Le mot *cancer* lui était venu à l'esprit, mais elle l'avait écarté d'elle immédiatement, parce qu'une chose aussi horrible ne pouvait lui arriver. Le mot surgit en elle en même temps que la douleur, elle le trancha en deux, avec l'aide de Madame Zoleeda. Ça finira par un événement heureux. Elle le dépeça et le redépeça jusqu'à ce qu'il n'en restât plus que des petits tronçons méconnaissables. Elle s'arrêterait à l'étage au-dessus. Mais, grand Dieu y arriverait-elle ? Elle parlerait à Laverne Watts. Laverne Watts était une locataire du second, secrétaire d'un pédicure — une amie intime.

Elle arriva sur le palier en suffoquant, les jambes flageolantes. Elle frappa à la porte de Laverne avec la crosse du pistolet de Hartley-Ma-Chance. Elle s'appuya contre le montant de la porte pour souffler un peu, et soudain, autour d'elle, le plancher s'affaissa. Les murs devinrent tout noirs, elle se sentit aspirée, emportée en l'air par un tourbillon, et terrifiée par la chute imminente. Loin, très loin, elle vit la porte s'ouvrir, et une Laverne lilliputienne dans l'encadrement.

Laverne, une grande fille aux cheveux couleur de paille, éclata d'un rire énorme, et elle se tapait sur les hanches, comme si ses yeux venaient de découvrir le spectacle le plus comique qu'elle eût jamais vu. « Ce pistolet, hoqueta-t-elle. Ce pistolet ! Cette tête ! » Elle recula jusqu'au divan en titubant et s'y effondra, les jambes en l'air. Elles retombèrent de toute leur hauteur avec un choc sourd.

Le plancher remonta à portée du regard de Ruby et ne bougea plus, quoique encore un peu incliné. Le regard braqué sur lui, elle se concentra de toutes ses forces et avança le pied pour descendre dessus. Elle repéra une chaise dans la pièce et se dirigea vers elle en posant prudemment les pieds l'un devant l'autre.

« Tu devrais entrer dans un cirque, dit Laverne Watts. Tu es crevante. »

Ruby atteignit la chaise et s'y glissa de biais. « Tais-toi », dit-elle d'une voix rauque.

Laverne s'avança au bord du canapé, l'index pointé vers elle, et retomba à la renverse, terrassée par le fou rire.

« Arrête-toi, hurla Ruby. Arrête. Je suis malade. »

Laverne se leva et en trois enjambées fut près d'elle. Elle se pencha sur Ruby et scruta son visage, en fermant un œil, comme si elle regardait par le trou d'une serrure. « Tu es comme qui dirait violette, dit-elle.

— Je suis malade à crever », dit Ruby en la regardant fixement. Laverne l'observa un moment encore, puis se croisa les bras, et fit ressortir son ventre, en se balançant d'avant en arrière. « Pourquoi es-tu venue ici avec ce pistolet ? Où l'as-tu pris ? demanda-t-elle.

— Je me suis assise dessus », marmonna Ruby.

Laverne se balançait toujours, bombant le ventre, d'un air de plus en plus entendu. Ruby, affalée sur sa chaise, considérait ses pieds. Tout se remettait en place dans la chambre. Elle se leva et jeta un regard furieux à ses chevilles. Elles étaient enflées ! « Je n'irai pas chez le médecin, dit-elle, je n'irai pas voir de médecin. Je n'irai pas. Non, je n'irai pas. Non, je n'irai pas, marmonna-t-elle. Pas chez le docteur, pas chez...

— Combien de temps crois-tu que ça va durer encore ? murmura Laverne, avec un petit rire nerveux.

— Mes chevilles sont-elles enflées ? demanda Ruby.

— Elles sont comme d'habitude, dit Laverne en se laissant choir sur le divan. Un peu fortes. » Elle pivota, posa ses chevilles sur l'oreiller du coin, puis les fit tourner un peu. « Comment trouves-tu mes chaussures ? » demanda-t-elle. Elles étaient vert sauterelle avec des talons aiguille très hauts.

« Je trouve qu'elles sont enflées, dit Ruby. Je me suis sentie affreusement mal en montant ton escalier, je me sentais mal partout comme...

— Tu devrais aller voir le docteur.

— Je n'ai pas besoin de médecin, dit Ruby entre ses dents. Je sais me soigner toute seule, et je m'en suis pas si mal tirée jusque-là.

— Rufus est-il rentré ?

— Je ne sais pas. Je me suis passée de docteur toute ma vie. Je m'en suis... — Pourquoi ?

— Pourquoi quoi ?

— Pourquoi me demandes-tu si Rufus est rentré ?

— Rufus est gentil, dit Laverne. Je voudrais lui demander comment il trouve mes chaussures. »

Ruby se redressa, l'air furieux, et elle rosit, puis rougit violemment. « Pourquoi Rufus ? grommela-t-elle. Ce n'est qu'un enfant. » Laverne avait trente ans. « Il se moque pas mal des chaussures de femme. »

Laverne enleva une chaussure et regarda à

l'intérieur. « 39 1/2 dit-elle. Je parie qu'il aimerait ce qu'il y a dedans.

— Rufus n'est qu'un enfant, dit Ruby. Il n'a pas le temps de regarder tes pieds. Il n'a pas de temps à perdre pour *ça.*

— Oh ! il a tout le temps devant lui, dit Laverne.

— Oui », marmonna Ruby. Et elle le revit attendant avant de naître, attendant sans aucune hâte, attendant l'heure de tuer sa mère un peu plus.

« Je crois bien que tes chevilles sont enflées, dit Laverne.

— Oui, dit Ruby, en les faisant tourner. Oui. Elles semblent toutes raides. J'ai eu une impression épouvantable en montant, comme si ma respiration s'arrêtait, comme si j'étais raide de partout — épouvantable !

— Tu devrais voir le docteur.

— Non.

— Tu y es déjà allée ?

— Ils m'y ont traînée une fois, j'avais dix ans, déclara Ruby, mais je me suis sauvée. Ils avaient beau être trois à me tenir, il n'y a rien eu à faire.

— Qu'est-ce que tu avais, cette fois-là ?

— Pourquoi me regardes-tu comme ça ? dit Ruby.

— Comme ça quoi ?

— Comme ça, dit Ruby — en bombant ton ventre.

— Je t'ai simplement demandé ce que tu avais cette fois-là.

— Un furoncle. Une négresse que j'ai vue sur la route m'a dit ce qu'il fallait faire : je l'ai fait et il est parti. » Elle était effondrée sur sa chaise, le regard fixe, comme si elle rêvait aux jours heureux de jadis.

Laverne se lança dans une danse comique à travers la pièce. Elle fit deux ou trois pas lents dans une direction, genoux pliés, puis elle revint au point de départ en se cognant les jambes, l'une contre l'autre, avec une grimace de douleur ; puis elle se mit à chanter d'une voix gutturale en roulant des yeux : « Mettez les lettres derrière ou d'vant, ça fait toujours MAMAN ! MAMAN [1] ! », et elle leva les bras au ciel comme si elle jouait sur une scène.

1. MUM ! MUM !

La bouche de Ruby s'ouvrit sans qu'un mot en sortît et son expression courroucée disparut de son visage. Une demi-seconde elle fut sans réaction ; puis elle bondit de sa chaise. « Pas moi ! cria-t-elle, pas moi ! »

Laverne s'arrêta et se contenta de la regarder du même air entendu.

« Pas moi ! hurla Ruby. Oh non, pas moi ! Bill Hill prend toutes ses précautions. Bill Hill fait attention. Il y a cinq ans que Bill Hill prend ses précautions. C'est pas à moi que ça arrivera !

— Eh bien, ma chère, le vieux Bill Hill a fait une petite erreur il y a quatre ou cinq mois, dit Laverne. Une légère erreur.

— Tu n'y connais rien, tu n'es même pas mariée, tu es encore...

— Je te parie que ça sera pas un, mais deux, dit Laverne. Tu ferais mieux d'aller au docteur pour savoir combien il y en a.

— Ce n'est pas ça ! » jeta Ruby d'une voix perçante. Elle se croyait maligne, celle-là ! Elle ne savait même pas reconnaître quand une femme est malade, tout ce qu'elle savait faire, c'était regarder ses pieds et les montrer à Rufus, les montrer à Rufus, lui n'était qu'un enfant, et elle avait trente-quatre ans. « Rufus est un enfant, gémit-elle.

— Ça fera deux, dit Laverne.

— Arrête de parler ainsi ! cria Ruby. Tais-toi immédiatement. Je ne vais pas avoir d'enfant !

— Ah-ah ! dit Laverne.

— Je me demande pourquoi tu crois savoir tant de choses, dit Ruby, toi qui es célibataire. Si j'étais aussi célibataire que toi, j'irais pas me mêler de dire aux gens mariés ce qu'ils ont à faire.

— Il n'y a pas que tes chevilles, dit Laverne, tu es gonflée de partout.

— Je ne vais pas rester ici à me faire insulter, dit Ruby, et elle se dirigea vers la porte en se tenant bien droite, sans baisser les yeux vers son ventre, comme elle brûlait de le faire.

— Eh bien, j'espère que, *l'un dans l'autre*, ça ira beaucoup mieux demain, dit Laverne.

— Je crois que mon cœur ira mieux demain, dit Ruby. Mais j'espère que nous déménagerons bientôt. Je ne peux plus monter ces marches avec cette maladie de cœur, et, ajouta-t-elle très digne, Rufus se moque éperdument de tes grands pieds.

— Tu ferais mieux de planquer ce pistolet avant de tuer quelqu'un », dit Laverne.

Ruby claqua la porte et se regarda aussitôt. Elle était grosse à cet endroit-là, mais elle avait toujours eu un petit ventre rondelet. Elle n'était pas plus gonflée là qu'ailleurs. C'était normal, lorsqu'on prend un peu de graisse, qu'elle se place là, au beau milieu, et Bill Hill ne lui en voulait pas d'être dodue, il y trouvait simplement plus de plaisir, sans savoir pourquoi. Elle vit le long visage heureux de Bill Hill ; il la regardait avec un sourire depuis les yeux jusqu'en bas, et plus il descendait, plus il avait l'air heureux.

Il ne pouvait commettre d'erreur. Sa main fit le tour de sa jupe : nul doute, elle la serrait, mais elle l'avait déjà constaté. Bien sûr, c'était la jupe — c'était celle qui lui était trop juste et qu'elle ne portait pas souvent ! Mais non, c'était l'autre, celle qui était un peu lâche. De toutes manières elle ne lui glissait pas tellement de la taille ! Elle avait dû engraisser, un point c'est tout.

Elle mit les doigts sur son ventre, les poussa plus bas, et les retira brusquement. Elle se dirigea vers l'escalier, lentement, comme si le plancher allait bouger sous ses pas. Elle monta une marche et la douleur revint instantanément. À la première marche. « Non, gémit-elle, non ! » Ce n'était qu'une impression, une impression légère, comme si une partie d'elle-même se retournait là-dedans, et que sa respiration s'arrêtait. « Une marche, murmura-t-elle, une seule marche et ça y est. » Ça ne pouvait pas être un cancer. Madame Zoleeda avait dit que ça finirait par un heureux événement. Elle se mit à pleurer et dit : « Une marche et ça y est », et elle monta comme un automate, sans avoir conscience de se mouvoir. À la sixième marche, elle s'assit et laissa glisser sa main tout au long du barreau. « Non », gémit-elle, et elle pencha son visage rond et rouge entre les plus proches barreaux. Son regard plongea dans la cage de l'escalier, et elle poussa une longue plainte sourde qui s'amplifia et se répercuta en descendant. Le gouffre de l'escalier était d'un vert sombre, avec des reflets gris taupe et, en touchant le fond, le gémissement sembla se muer en une voix qui lui répondait. Le souffle lui manqua et elle ferma les yeux. Non. Non. Ça ne pouvait être un enfant. Non, elle n'allait pas avoir en elle une chose qui attendrait pour la tuer un peu plus. Non. Bill Hill n'avait pas pu faire d'erreur. Il disait que, comme ça, il n'y avait rien à craindre, et ça avait toujours marché, et puis, ça ne pouvait être ça, impossible. Elle frissonna et colla soudain sa main à la bouche. Elle sentit son visage se tirer, se friper, deux mort-nés, un autre qui meurt au bout d'un an, un qui est écrasé comme une pomme jaune desséchée, non elle n'avait que trente-quatre ans, elle était vieille. Madame Zoleeda avait dit Oh, que ça finirait par un heureux événement. Elle avait dit que ça finirait par un heureux déménagement.

Elle sentait qu'elle se calmait. Elle était maintenant presque paisible, et elle se dit qu'elle se laissait trop facilement retourner. Des balivernes tout ça. Madame Zoleeda ne s'était encore jamais trompée, elle en savait plus que...

Elle sursauta : il y eut un boum au fond de la cage, une galopade dans l'escalier qui le fit trembler jusqu'à la marche où elle était assise. Elle regarda entre les barreaux et vit Hartley-Ma-Chance qui brandissait deux pistolets et montait au triple galop, puis elle entendit une voix stridente à l'étage au-dessus d'elle : « Hartley, arrête ce boucan ! tu fais trembler toute la maison ! » Mais il ne ralentit pas, prit avec un bruit de tonnerre le tournant du premier, et arriva comme l'éclair sur le palier. La porte de Mr. Jerger s'ouvrit à toute volée et des doigts crochus saisirent au vol un pan de chemise, qui tourbillonna et repartit en trombe, alors qu'une voix aiguë criait : « Lâche-moi, vieux bouc de prof ! » Le grondement s'approcha, les escaliers se mirent à trembler juste sous elle et une tête d'écureuil lui fonça dessus, lui traversa le crâne comme un projectile, et se perdit dans un tourbillon de nuit.

Elle resta sur la marche, agrippée au barreau de la rampe, tandis que d'infimes souffles la pénétraient lentement, et que les escaliers cessaient leur jeu de bascule. Elle ouvrit les yeux et regarda jusqu'au fond du trou noir, jusqu'au lieu d'où elle était partie, il y avait des siècles. « Ma-Chance », dit-elle d'une voix creuse qui retentit à tous les niveaux du gouffre, « un bébé ».

« Ma-Chance un bébé », répétèrent les échos cruels.

Puis la sensation revint, très nette ; quelque chose se retournait doucement, non plus dans son ventre, lui sembla-t-il, mais dans le néant, nulle part ; quelque chose qui attendait tranquillement, patiemment, avec tout le temps devant soi.

*La Personne Déplacée*

Suivie du paon, Mrs. Shortley gagna la colline où elle avait décidé de prendre position. À les voir l'un derrière l'autre sur le chemin, on songeait à quelque procession. Elle gravissait la pente, bras croisés, et on eût dit l'épouse du Paysage, sortie à la menace de quelque danger, pour voir ce qui se passait. Elle se dressait sur deux énormes jambes avec la superbe assurance d'une montagne et, à travers des étranglements de granit, elle s'éleva jusqu'à deux pointes de lumière d'un bleu glacé qui saillaient, et dominaient la campagne alentour. Elle ne prêta aucune attention à l'ardent soleil de l'après-midi qui se faufilait derrière une muraille de nuages démantelée, comme s'il feignait d'y vouloir glisser son regard indiscret. Ses yeux suivaient le chemin d'argile rouge qui bifurquait de la grand-route.

Le paon s'arrêta à un pas derrière elle — sa queue, un scintillement d'ors et de verts et de bleus était levée juste assez pour ne pas toucher terre. Elle se déployait de chaque côté comme une traîne et sa tête, posée sur un long col bleu flexible comme un roseau, était rejetée en arrière, comme s'il concentrait son attention sur quelque objet lointain, indiscernable à d'autres yeux que les siens.

Mrs. Shortley, elle, observait une voiture noire qui venait de quitter la grand-route et franchissait la grille. Plus loin, près du hangar à outils, à quelque quinze pas, les deux nègres, Astor et Sulk, s'étaient arrêtés de travailler pour regarder. Ils étaient cachés par un mûrier, mais Mrs. Shortley savait qu'ils étaient là.

Mrs. Mc Intyre descendit les marches de sa maison pour aller au-devant de la voiture. Elle arborait son sourire des grands jours, mais Mrs. Shortley, même à cette distance, put y déceler une trace de nervosité. Ces gens qui arrivaient n'étaient que des domestiques qui se louaient, comme les Shortley eux-mêmes et comme les nègres. Pourtant, la propriétaire des lieux se dérangeait pour les accueillir. Elle avait même mis sa robe du dimanche et un collier de perles, et elle se précipitait vers eux avec un grand sourire.

La voiture s'arrêta au bout de l'allée comme Mrs. Mc Intyre y arrivait. Le prêtre fut le premier à descendre. C'était un vieil homme aux longues jambes, et qui portait un chapeau blanc et un col mis devant derrière, ainsi que le faisaient les prêtres catholiques — Mrs. Shortley ne l'ignorait pas — lorsqu'ils voulaient qu'on reconnût leur qualité.

C'était par son intermédiaire que ces gens avaient pu venir ici.

Il ouvrit la porte arrière de la voiture et deux enfants en bondirent, un garçon et une fille ; puis en sortit lentement une femme en robe marron dont la silhouette évoquait une cacahuète. La porte avant s'ouvrit à son tour, et l'homme, « la Personne Déplacée », descendit. Il était petit, un peu voûté, et portait des lunettes à monture dorée. Le champ de vision de Mrs. Shortley se rétrécit sur lui, puis s'ouvrit pour que s'y trouvent inclus la femme et les deux enfants, comme pour une photo de famille. La première chose qui lui parut très caractéristique, c'est qu'ils ressemblaient à tout le monde. Chaque fois qu'elle les avait évoqués en esprit, ils lui étaient apparus comme les trois ours marchant en file indienne, avec des sabots de Hollandais, des bérets de marins et des manteaux de couleur vive, constellés de boutons. En fait, la femme avait une robe semblable aux siennes, et les enfants les vêtements de tous les gosses du coin. L'homme portait un pantalon kaki et une chemise bleue. Soudain, alors que Mrs. Mc Intyre lui tendait la main, il plongea et lui fit le baisemain. Mrs. Shortley porta brusquement sa main à sa bouche, puis la laissa tomber et la frotta vigoureusement sur le gras de son dos. Si Mr. Shortley avait essayé de lui baiser la main, Mrs. Mc Intyre l'aurait proprement envoyé baller ; de toute façon Mr. Shortley n'aurait jamais tenté l'expérience : il n'avait pas le temps de faire des chichis.

Elle plissa les yeux pour mieux voir : le petit garçon était au centre du groupe et parlait : on devait supposer qu'il savait le plus d'anglais, puisqu'il l'avait appris en Pologne ; il écoutait ce que son père disait en polonais, le répétait en anglais, puis écoutait l'anglais de Mrs. Mc

Intyre et le traduisait en polonais. Le prêtre avait informé Mrs. Mc Intyre qu'il s'appelait Rudolph et avait douze ans. La fille, Sledgewig, en avait neuf. Sledgewig sonnait aux oreilles de Mrs. Shortley comme un nom d'insecte, tout comme si on appelait un garçon Charançon. Quant à leur nom de famille, seuls le prêtre et eux-mêmes savaient le prononcer. C'était quelque chose comme Gobblehook. Mrs. Mc Intyre et Mrs. Shortley les avaient appelés Gobblehook tout au long de cette semaine où elles avaient préparé leur venue. Elles avaient eu beaucoup à faire : ces gens n'avaient rien, pas un meuble, pas un drap, pas une assiette ; il avait fallu tout dénicher dans les choses que Mrs. Mc Intyre avait mises au rebut. Elles avaient rassemblé quelques meubles dépareillés et, avec la toile des sacs de grain pour les poules, elles avaient fait des rideaux à fleurs, deux rouges et un vert, parce qu'il n'y avait pas assez de sacs rouges. Mrs. Mc Intyre avait déclaré qu'elle n'était pas cousue d'or et qu'elle ne pouvait se permettre d'acheter de vrais rideaux. « Ils savent même pas parler, avait dit Mrs. Shortley ; comment voulez-vous qu'ils sachent ce que c'est que des couleurs ? » Mrs. Mc Intyre avait ajouté qu'après tout ce qu'ils avaient enduré ils devaient se contenter de ce qu'on leur donnait et dire merci. « Imaginez comme ils doivent être heureux de s'être échappés de là-bas, et d'arriver dans une maison pareille ! »

Mrs. Shortley se rappela un film d'actualités qu'elle avait vu un jour : une petite pièce où s'entassaient jusqu'au plafond des cadavres nus — bras et jambes entremêlés, une tête enfouie ici, là un pied, un genou, des parties du corps qui auraient dû être voilées et qui dépassaient, une main tendue qui ne saisissait que le vide. Avant qu'on ait eu le temps de se rendre compte que c'était la vérité vraie et de se le faire entrer dans la tête, l'image avait changé et une voix caverneuse disait déjà : « Le temps continue. » C'était le genre de choses qui arrivaient tous les jours en Europe, où les gens n'étaient pas aussi avancés qu'ici. Du haut de son observatoire, Mrs. Shortley eut l'intuition soudaine que les Gobblehook, comme des rats porteurs de puces vous amènent la typhoïde, allaient peut-être apporter ici même les mœurs sanguinaires d'au-delà l'Océan. S'ils venaient de ces pays où on leur faisait subir ce genre de choses, qui pouvait dire qu'ils n'essaieraient pas d'en faire autant aux autres ? Elle fut violemment émue par cette question redoutable ; ses entrailles s'agitèrent comme s'il y avait eu un léger tremblement de terre au cœur de la montagne, et, d'un pas automatique, elle quitta son observatoire et s'avança pour leur être présentée, impatiente de découvrir ce dont ils étaient capables.

Elle approcha, ventre en avant, tête en arrière, bras croisés, ses bottes battant légèrement contre ses grosses jambes. Arrivée à dix pas du groupe gesticulant, elle s'arrêta, et fit sentir sa présence en braquant son regard sur le cou de Mrs. Mc Intyre. Mrs. Mc Intyre était une femme de soixante ans, petite, au visage rond et ridé, avec des franges de cheveux roux qui descendaient presque au niveau des sourcils faits au crayon orange. Elle avait une petite bouche de poupée et des yeux d'un bleu très doux lorsqu'elle les ouvrait tout grands, mais qui prenaient l'éclat de l'acier ou du granit lorsqu'elle les plissait pour inspecter un bidon de lait. Elle avait enterré un mari et divorcé d'avec deux autres et Mrs. Shortley la respectait parce que personne encore ne lui avait fait prendre des vessies pour des lanternes, sauf peut-être — ah ah ! — les Shortley eux-mêmes. Mrs. Mc Intyre tendit le bras dans la direction de Mrs. Shortley et dit à Rudolph : « Et voici Mrs. Shortley. Mrs. Shortley s'occupe de mes vaches. Où est votre mari ? demanda-t-elle à Mrs. Shortley qui approchait lentement, les bras toujours croisés. Je veux lui présenter les Guizac. »

Maintenant elle les appelait Guizac. Elle n'allait pas leur jeter du Gobblehook au nez. « Chancey est dans la grange, dit Mrs. Shortley. Il n'a point le temps de s' reposer dans les buissons comme vos nègres là-bas. »

Son regard effleura la tête des Personnes Déplacées, puis descendit lentement en décrivant des cercles à la façon dont un busard plane et glisse dans l'air avant de se poser sur une carcasse. Elle se tenait à distance suffisante pour que l'homme ne puisse lui baiser la main. Il la fixa de ses petits yeux verts et lui adressa un large sourire qui découvrit une bouche partiellement édentée. Mrs. Shortley, sans répondre à son sourire, se tourna vers la petite fille, qui, près de sa mère, balançait ses épaules en cadence. Ses cheveux étaient tressés en deux nattes terminées par une boucle, et l'on ne pouvait nier qu'elle fût jolie, malgré son nom d'insecte. Elle était plus jolie qu'Annie-Maud ou Sarah-Mae, les filles de Mrs. Shortley qui allaient avoir quinze et dix-sept ans : Annie-Maud avait oublié de grandir et Sarah-Mae louchait d'un œil. Elle compara le petit étranger avec son fils H. C., et H. C. l'emportait nettement. Il avait vingt ans, la charpente de sa mère et des lunettes. Il fréquentait une école évangéliste et, ses études finies, il pourrait ouvrir une église. Il avait une voix chaude et sonore, parfaite pour les hymnes, et était capable de vendre n'importe quoi. Mrs. Shortley regarda le prêtre et cela lui rappela que ces gens avaient une religion arriérée. On ne pouvait dire ce qu'elle était au juste puisqu'il n'y avait pas eu de réforme pour éliminer les balivernes. À nouveau, elle vit la pièce encombrée de cadavres.

Ce prêtre parlait lui-même à la manière d'un étranger ; c'était bien de l'anglais, mais on aurait cru qu'il avait du foin plein la gorge. Il avait un grand nez, un visage rectangulaire et glabre, et pas de trace de cheveux sur la tête. Soudain, sa vaste bouche s'ouvrit toute grande, son regard étonné se porta derrière Mrs. Shortley et, l'index pointé dans la direction du regard, il dit : « Aaaarh ! » Mrs. Shortley se retourna brusquement. Le paon était à deux pas derrière elle, la tête légèrement redressée.

« Quel magnifique oiseau ! murmura le prêtre en détachant chaque syllabe.

— Une bouche de plus à nourrir, dit Mrs. Mc Intyre qui jeta un bref regard au volatile.

— Et quand lève-t-il sa queue si splendide ? demanda le prêtre.

— Seulement quand ça lui chante, dit-elle. Jadis il y en avait vingt ou trente comme celui-là, mais je les ai laissés s'éteindre les uns après les autres. Je n'aime pas les entendre crier au milieu de la nuit.

— Si vraiment magnifique ! dit le prêtre. Une queue semée de soleils ! » et il s'avança sur la pointe des pieds et observa le dos de l'oiseau, là où commençait le resplendissant dessin vert et or. Le paon se tenait immobile comme s'il venait de descendre de quelque hauteur inondée de soleil, pour leur apparaître ainsi qu'une vision radieuse. Le visage sans grâce du prêtre s'inclina au-dessus de l'oiseau et s'empourpra de plaisir.

La bouche de Mrs. Shortley se crispa en une grimace sarcastique. « C'est rien d' plus qu'un jeune paon ! » dit-elle entre ses dents. Mrs. Mc Intyre souleva ses sourcils orange et lui lança un clin d'œil pour lui faire comprendre que le vieillard était retombé en enfance. « Eh bien, nous allons montrer aux Guizac leur nouvelle maison », dit-elle avec quelque impatience, et elle les fit tous remonter dans l'auto. Le paon s'en alla vers le mûrier où les deux nègres se cachaient et le prêtre détourna de lui son regard fasciné, monta dans la voiture, et conduisit les Personnes Déplacées à la masure où elles devaient habiter.

Mrs. Shortley attendit que la voiture fût hors de vue pour se diriger vers le mûrier, en faisant un large détour. Elle s'arrêta à quelque dix pas derrière les deux nègres. L'un était un vieillard qui tenait un seau à moitié plein d'aliments pour les veaux, et l'autre un adolescent café au lait, avec une petite tête de marmotte enfoncée dans un feutre rond. « Alors, dit-elle lentement, ça vous suffit pas maintenant ? Qu'est-ce que vous pensez d'eux ? »

Le vieux nègre Astor se leva. « On a bien regardé, dit-il, comme si c'était une nouveauté pour elle. Qui c'est donc ça ?

— Ils viennent d'un pays qu'est de l'autre côté de l'Océan, dit Mrs. Shortley, avec un ample geste du bras. C'est ce qu'on appelle des Personnes Déplacées.

— Des Personnes Déplacées, dit-il. Eh bien, ça ! Je m' demande ce que ça veut dire.

— Ça veut dire qu'ils ne sont plus là où qu'ils sont nés, et qu'ils ne peuvent aller nulle part, comme si on vous chassait de là et que personne voudrait de vous.

— Il semble qu'ils sont là pourtant, dit le vieil homme avec un air profond. S'ils sont là, ils sont quéque part.

— Pour sûr, acquiesça l'autre, y sont là ! »

L'illogisme des raisonnements nègres irritait toujours Mrs. Shortley. « Ils ne sont pas là où qu'ils habitent, dit-elle. Ils y retourneront si tout est calme comme ça l'était avant. Ici, on est plus en avance que là d'où qu'ils viennent. Mais, maintenant, il va falloir vous tenir sur vos gardes. Y en a environ dix millions de billions comme eux, et je sais ce qu'a dit Mrs. Mc Intyre.

— Elle a dit quoi ? demanda le garçon.

— C'est pas si facile par les temps qui courent de trouver une place, qu'on soit blanc ou noir, mais ce que j' suis sûre, c'est qu' j'ai bien entendu ce qu'elle m'a dit, affirma-t-elle d'une voix chantante.

— Vous, vous pouvez entendre presque n'importe quoi », fit remarquer le vieil homme. Il se pencha en avant comme pour partir, mais resta en suspens.

— Je l'ai entendue dire : « Ça va faire entrer la crainte du Seigneur dans ces bons à rien de nègres », lança Mrs. Shortley d'une voix vigoureuse.

Le vieillard s'en allait : « Elle dit des choses comme ça de temps en temps, dit-il. Ah-ah ! oui, c'est vrai.

— Tu ferais mieux d'aller aider Mr. Shortley dans la grange, dit-elle au jeune nègre. Elle te paie pour quoi faire, à ton avis ?

— C'est lui qui m'a envoyé dehors,

marmonna le nègre. C'est lui qui m'a donné d'aut' choses à faire.

— Eh bien, autant que tu y ailles tout d' suite », répondit-elle, et elle resta sur place jusqu'à ce qu'il fût parti. Elle s'attarda un peu à réfléchir, les yeux fixés, sans la voir, sur la queue du paon devant elle. Il s'était perché dans l'arbre et son immense queue retombait en face d'elle, constellée d'ardentes planètes avec des yeux dont chacun était cerclé de vert et se détachait sur un soleil changeant à chaque éclair de lumière, tantôt doré, tantôt rose saumon. Devant Mrs. Shortley s'étalait une carte de l'univers, mais elle n'y prêta pas plus attention qu'aux taches d'azur qui craquelaient le vert sombre de l'arbre. Elle était tout à sa vision intérieure. Elle voyait dix millions de billions de ces gens qui se frayaient un chemin jusqu'en Amérique, tandis qu'elle, muée en un ange géant avec des ailes vastes comme une maison, disait aux nègres qu'il leur faudrait déménager d'ici. Elle mit le cap sur l'étable, encore pleine de son rêve, majestueuse et satisfaite.

Elle s'approcha de l'étable par un mouvement oblique, ce qui lui permit de jeter un coup d'œil par la porte sans être vue elle-même. Mr. Chancey Shortley ajustait la dernière trayeuse électrique à une grande vache tachée de noir et de blanc ; il était accroupi contre son flanc, près de la porte. Un mégot de cigarette d'un centimètre était collé au milieu de sa lèvre inférieure. Mrs. Shortley l'observa de près pendant une demi-seconde.

« Si elle te voyait fumer, ou si elle apprenait qu' tu fumes dans l'étable, elle ferait un drôle de boucan ! » dit-elle.

Mr. Shortley leva un visage sillonné de profondes ornières qui se jetaient dans une dépression au-dessous de chaque joue, et de deux longues crevasses perpendiculaires à ses lèvres boursouflées. « C'est pas toi qui vas lui dire ? demanda-t-il.

— Elle a des yeux pour voir », dit Mrs. Shortley.

Mr. Shortley, apparemment indifférent à l'exploit, souleva son mégot avec la pointe de la langue, le fit pénétrer dans sa bouche, la ferma, puis, les lèvres étroitement serrées, il se leva, sortit de l'étable, adressa à sa femme, tel un hommage, un regard prolongé, puis cracha dans l'herbe le mégot encore allumé.

« Oh, Chancey, dit-elle, oh ! oh ! », et de la pointe du pied elle fit un petit trou, y enfouit le mégot et le recouvrit. Ce numéro de Mr. Shortley était en réalité sa façon de lui témoigner sa flamme. Jadis, il lui avait fait sa cour ni en grattant une guitare, ni en lui offrant quelque aimable souvenir : il s'asseyait sur les marches de sa véranda sans rien dire et imitait un paralysé sur ses béquilles en train de fumer voluptueusement une cigarette. Quand la cigarette atteignait la taille requise, il tournait les yeux vers elle, ouvrait la bouche, y introduisait le bout de cigarette, et il restait assis un bon moment comme s'il l'avait avalé, en adressant à sa bien-aimée le regard le plus passionné qui se puisse imaginer. Elle en était toute palpitante, et aurait voulu chaque fois lui enfoncer le chapeau sur les yeux et l'étreindre jusqu'à l'étouffer.

« Bon, dit-elle en rentrant dans l'étable après lui, les Gobblehook sont arrivés et elle veut t' les présenter ; elle a dit : “Où est

Mr. Shortley ?", et moi j'y ai répondu : "Il a pas le temps..."

— Fais le total d' la traite, dit Mr. Shortley, en s'accroupissant à nouveau près de la vache.

— Tu crois qu'il saura conduire un tracteur alors qu'il n' sait pas l'anglais ? demanda-t-elle. J' crois pas qu'ils valent chipette. Le garçon sait parler, mais il a pas l'air solide. Celui qui peut travailler n' sait pas parler et celui qui sait parler n' peut pas travailler. Ça sera pas mieux que si elle avait deux nègres de plus.

— À sa place j'aimerais mieux un nègre, dit Mr. Shortley.

— Elle dit qu'il y en a dix millions comme eux — des Personnes Déplacées ; elle dit que ce prêtre peut lui en avoir autant qu'elle veut.

— Elle f 'rait mieux de n' pas s'acoquiner avec ce curé, dit Mr. Shortley.

— Il a pas l'air bien fin, dit Mrs. Shortley, il est un peu gâteux.

— C'est pas le pape de Rome qui va m'apprendre à faire marcher une laiterie, dit Mr. Shortley.

— Ce n' sont pas des Italiens, c'est des Polonais, dit-elle. De Pologne, où tous ces corps étaient empilés. Tu t' rappelles tous ces cadavres ?

— J' leur en donne pas pour plus de trois semaines », dit Mr. Shortley.

Trois semaines plus tard, Mrs. Mc Intyre et Mrs. Shortley allèrent en voiture jusqu'au champ de cannes à sucre pour voir Mr. Guizac faire fonctionner la hacheuse-ensileuse, une nouvelle machine que Mrs. Mc Intyre venait d'acheter, parce que, disait-elle, pour la première fois elle avait quelqu'un capable de s'en servir. Mr. Guizac savait conduire un tracteur, utiliser la presse-botteleuse, la moissonneuse-batteuse, et toutes les autres machines de sa ferme. C'était un mécanicien hors pair, un charpentier et un maçon. Il était économe et plein d'énergie. Mrs. Mc Intyre avait calculé qu'il lui faisait faire vingt dollars d'économie par mois rien qu'en réparations. « Guizac, disait-elle, est la meilleure affaire de ma vie. » Il savait se servir des trayeuses et était d'une propreté méticuleuse ; et il ne fumait pas.

Elle rangea sa voiture au bord du champ de cannes, et elles descendirent. Sulk, le jeune nègre, attachait la remorque à l'ensileuse et Mr. Guizac accrochait l'ensileuse au tracteur. Il finit le premier puis repoussa le jeune Noir et fit l'opération lui-même en gesticulant, le visage luisant de colère lorsqu'il avait besoin du marteau ou du tournevis. Rien n'allait assez vite à son gré. Les nègres le rendaient nerveux.

La semaine précédente, à l'heure du dîner, il avait surpris Sulk qui se glissait avec un sac dans l'enclos où étaient enfermés les jeunes dindons. Il l'avait vu en choisir un bon à rôtir, le fourrer dans le sac et cacher le sac sous son manteau. Mr. Guizac l'avait suivi derrière la grange, lui avait sauté dessus et l'avait traîné jusqu'à la porte de derrière : sous les yeux de Mrs. Mc Intyre, il avait mimé toute la scène, tandis que le nègre marmonnait, demandait que Dieu le fasse mourir sur place s'il avait volé un dindon, il l'avait seulement pris pour lui mettre du cirage noir sur la tête parce qu'il avait du mal à la tête. Que Dieu le fasse mourir sur place si c'était pas la vérité pure devant Jésus-Christ. Mrs. Mc Intyre dit à Sulk de remettre le dindon dans l'enclos et elle passa un long moment à expliquer au Polonais que tous les nègres avaient l'habitude de voler. Elle dut finalement faire appeler Rudolph, lui répéter l'explication qu'il traduisit en polonais pour son père. Mr. Guizac s'en était allé, étonné et déçu.

Mrs. Shortley se tenait près de sa patronne, espérant qu'il aurait des ennuis avec l'ensileuse ; mais tel ne fut pas le cas. Tous les mouvements de Mr. Guizac étaient rapides et précis. Il bondit sur le tracteur comme un singe et fit pénétrer l'ensileuse dans le champ de cannes à sucre : au bout d'une seconde un jet jaillit du canal d'évacuation et retomba dans la remorque.

Il avançait avec force cahots et il fut bientôt hors de vue, tandis que le bruit s'éteignait peu à peu. Mrs. Mc Intyre eut un soupir de contentement. « Enfin, dit-elle à Mrs. Shortley, voilà quelqu'un sur qui je peux compter. Pendant des années, j'ai perdu mon temps avec des pauvres types, des minables, des bons à rien, blancs ou noirs. Ils m'ont mise à sec. Avant que vous arriviez, j'ai eu les Rinfield, les Collins, les Jarrell, les Perkins, les Pinkins et les Herrin et Dieu sait quoi encore, et aucun d'eux n'est parti d'ici sans emporter quelque chose qui n'était pas à lui. »

Mrs. Shortley était en mesure d'écouter cette diatribe, et d'un esprit serein : si Mrs. Mc Intyre l'avait mise au nombre des « minables », elles n'auraient pas pu en parler ensemble. Au reste, elle les méprisait autant que sa patronne. Mrs. Mc Intyre poursuivit le monologue que Mrs. Shortley avait tant de fois entendu. « Voilà trente ans que je fais marcher cette ferme, dit-elle en parcourant le champ d'un long regard sévère, et j'arrive tout juste à joindre les deux bouts. Les gens croient que vous êtes cousu d'or. J'ai les impôts à payer, les assurances, les notes de réparations et la nourriture pour les bêtes. » Tout affluait à sa mémoire, et elle demeurait sur place, le torse bombé, ses petites mains étreignant ses coudes. « Depuis que le Juge est mort, dit-elle, je suis à peine arrivée à m'en tirer, et ils me volent tous quelque chose en partant. Les nègres, eux, ne s'en vont pas : ils restent et ils volent. Un nègre croit que celui qu'il peut voler est riche, et la racaille blanche croit qu'on est riche quand on se permet d'embaucher des minables comme eux. Et ce qui me reste à moi, c'est de la boue à mes souliers. »

« Tu embauches les gens, mais tu les saques aussi », songea Mrs. Shortley, qui ne disait pas toujours ce qu'elle pensait. Elle attendait d'ordinaire que Mrs. Mc Intyre vidât tout son cœur devant elle ; pourtant, cette fois-ci, cela ne finit pas comme d'habitude. « Mais enfin, je suis sauvée ! s'exclama-t-elle. Le malheur des uns fait le bonheur des autres. Cet homme là-bas, et du doigt, elle désigna le point lointain où avait disparu la Personne Déplacée, il faut qu'il travaille ! Il a besoin de travailler ! » Elle tourna vers Mrs. Shortley son visage ridé et ravi et dit : « Cet homme est mon salut. »

Mrs. Shortley avait les yeux fixés devant elle comme si son regard pénétrait l'écran des cannes à sucre, puis le flanc de la colline, pour ressortir de l'autre côté. « J'ai comme une idée que le salut vient du diable, dit-elle lentement, d'un air détaché.

— Qu'est-ce que vous entendez par là ? » demanda Mrs. Mc Intyre, en lui jetant un coup d'œil perçant.

Mrs. Shortley hocha la tête mais se refusa à rien ajouter. Le fait est qu'elle n'avait rien à ajouter, car cette intuition venait de la visiter à l'instant. Elle n'avait jamais beaucoup réfléchi sur le diable : à son avis, la religion était essentiellement destinée à ceux qui n'étaient pas assez intelligents pour éviter le mal tout seuls. Pour des gens comme elle, des gens doués de sens pratique, la religion était une occasion de se réunir et de chanter en chœur ; mais, si elle y avait réfléchi plus sérieusement, elle eût estimé que le diable en était le chef, et Dieu un accessoire. L'arrivée de ces Personnes Déplacées l'obligeait à reconsidérer maint problème.

« Je sais ce que Sledgewig a dit à Annie-Maud, commença-t-elle, et quand Mrs. Mc Intyre, évitant soigneusement de lui demander quoi, alla casser une brindille de sassafras pour la mâcher, elle poursuivit sur un ton qui suggérait qu'elle en savait encore plus long : "... qu'ils pourraient pas vivre longtemps à quatre, avec soixante-dix dollars par mois".

— Ils méritent une augmentation, dit Mrs. Mc Intyre. Avec lui, je fais des économies. »

Cela revenait à dire qu'elle n'en faisait pas avec Chancey. Chancey se levait à quatre heures du matin pour traire les vaches, par la bise d'hiver et la chaleur d'été, et cela depuis deux ans. De tous les employés de la ferme, c'était eux qui étaient restés le plus longtemps. Et pour vous remercier, on vous envoyait cette accusation par en dessous.

« Est-ce que Mr. Shortley se sent mieux aujourd'hui ? » s'enquit Mrs. Mc Intyre.

Mrs. Shortley se dit qu'elle y avait mis le temps à demander de ses nouvelles. Mr. Shortley gardait le lit depuis deux jours « à cause d'une attaque ». Mr. Guizac l'avait remplacé à la laiterie, en plus de son propre travail. « Non, pas du tout, dit-elle. Le docteur a dit qu'il souffrait d'un excès d'épuisement.

— Si Mr. Shortley est si épuisé, dit Mrs. Mc Intyre, c'est qu'il doit avoir un travail à côté », et elle regarda Mrs. Shortley en plissant les yeux, comme si elle examinait le fond d'un bidon de lait.

Mrs. Shortley resta muette, mais ses sombres pressentiments grandirent comme nuée d'orage. En vérité, Mr. Shortley avait bel et bien un deuxième métier : mais, dans un pays libre, ça ne regardait pas Mrs. Mc Intyre. Mr. Shortley fabriquait du whisky. Il avait un petit alambic dans un recoin de la ferme, sur la propriété de Mrs. Mc Intyre, certes, mais c'était un lopin qu'elle ne cultivait pas, de la terre en friche qui ne servait à personne. Mr. Shortley n'avait pas peur du travail : il se levait à quatre heures, trayait ses vaches, et sur les midi, alors que tout le monde croyait qu'il se reposait, il était tout à son alambic. Ça ne courait pas les rues, des travailleurs comme lui. Les nègres étaient au courant de l'alambic, mais lui l'était du leur, aussi n'y avait-il jamais eu la moindre histoire entre eux. Mais avec des étrangers dans les lieux, des gens qui voyaient tout et ne comprenaient rien, qui venaient d'un pays où l'on se battait continuellement, où la religion n'avait pas été réformée, avec ces gens-là, on était sur le qui-vive à chaque instant. Elle se dit qu'il devrait exister une loi pour se défendre d'eux. Il n'y avait pas de raison pour qu'ils restent là, prennent la place d'enfants du pays qui avaient été tués dans leurs guerres et dans leurs carnages.

« Qui plus est, jeta-t-elle soudain, Sledgewig a dit qu'aussitôt que son père aurait assez d'économies, ils s'achèteraient une voiture d'occasion. Une fois qu'ils auront une voiture, ils vous diront au revoir.

— Je ne pourrai jamais le payer assez pour qu'il fasse des économies, dit Mrs. Mc Intyre.

Ce n'est pas ça qui me tracasse. Bien sûr, si Mr. Shortley avait une incapacité de travail, je serais obligée de demander à Mr. Guizac de s'occuper de la laiterie tous les jours et, dans ce cas, il faudrait bien que je l'augmente. Il ne fume pas, dit-elle — c'était la cinquième fois en une semaine qu'elle faisait cette remarque.

— Y a pas un homme, déclara fortement Mrs. Shortley, qui travaille autant que Chancey, qui sait s'y prendre comme lui avec les vaches ou qui soit plus comme il faut » — elle croisa les bras et son regard transperça l'espace.

Le bruit du tracteur et de l'ensileuse grandit et Mr. Guizac reparut, ayant fait un tour de champ. « Ce qu'on peut pas dire de tout le monde », ajouta-t-elle entre ses dents. Elle se demandait si le Polonais, au cas où il découvrirait l'alambic de Chancey, saurait seulement ce que c'était. L'empoisonnant avec ces gens-là, c'est qu'on pouvait jamais deviner ce qu'ils savaient. Chaque fois que Mr. Guizac souriait, l'Europe se déployait dans l'imagination de Mrs. Shortley, une Europe mystérieuse et malfaisante, le champ d'expériences du démon.

Le tracteur, l'ensileuse, la remorque repassèrent devant elles, avec un grondement et des grincements de ferraille. « Imaginez un peu le temps que ça aurait pris avec les mules et les hommes, cria Mrs. Mc Intyre. À cette vitesse-là, tout ce champ va être coupé en deux jours.

— Peut-être bien qu' oui, marmonna Mrs. Shortley, si y a pas un terrible accident. »

Elle songea que le tracteur avait fait tomber à zéro le prix des mules : aujourd'hui, personne n'en aurait voulu, même pour rien. « Les prochains à disparaître, ça sera les nègres », se dit-elle.

Dans l'après-midi, elle expliqua à Astor et à Sulk qui étaient occupés à remplir l'épandeur d'engrais ce qui allait leur arriver. Elle s'assit près du bloc de sel sous un petit appentis, le ventre sur les genoux et les bras par-dessus. « Vous tous, gens de couleur, vous feriez mieux de vous méfier, dit-elle. Vous savez ce que vaut une mule ?

— Eh ben, rien du tout, dit le vieux nègre, rien de rien.

— Avant qu' y ait un tracteur, il pouvait y avoir une mule. Et avant qu' y ait une Personne Déplacée, il pouvait y avoir un nègre. Le temps viendra, prophétisa-t-elle, où on aura même plus l'occasion de parler d'un nègre. »

Le vieil homme rit poliment : « Oui, c'est vrai, dit-il, ah, ah ! »

Le jeune ne dit rien. Il avait l'air seulement préoccupé, mais quand elle fut rentrée dans la maison, il déclara : « On dirait que Gros Ventre, elle sait tout.

— T'en fais pas, lui répondit le vieux, ta place est trop miteuse pour qu'on cherche à te la prendre. »

Elle n'osa confier ses pressentiments sur l'alambic à Mr. Shortley avant qu'il eût repris son travail à la laiterie. Une nuit pourtant, quand ils furent couchés, elle dit : « Cet homme fouine. »

Mr. Shortley croisa les mains sur sa poitrine osseuse et prit l'immobilité du cadavre.

« Il fouine, répéta-t-elle, en lui envoyant un coup de genou dans le flanc. Qui peut dire ce qu'ils savent et ce qu'ils savent pas ? Qui peut dire au cas où il dénicherait ton alambic s'il irait pas tout lui raconter ? Comment savoir s'ils n' font pas d'alcool en Europe ? Ils conduisent bien des tracteurs ! Ils ont toute espèce de mécaniques. Réponds-moi !

— Ne m' tourmente pas maintenant, dit Mr. Shortley, je suis mort.

— C'est ses petits yeux qui sont pas de chez nous, marmonna-t-elle, et cette façon qu'il a d'hausser les épaules..., et elle haussa les épaules plusieurs fois. Pourquoi qu'il hausse les épaules comme ça ? demanda-t-elle.

— Si tout le monde était aussi mort que moi, personne n'aurait d'embêtements, dit Mr. Shortley.

— Ce curé... », lança-t-elle, et elle se tut un instant, puis reprit : « En Europe, ils ont sans doute une aut' façon de faire de l'alcool, mais j' crois qu'ils les connaissent toutes. Ils connaissent un tas de trucs pas francs. Ils ont jamais fait de progrès ou de réformes. Ils ont la même religion qu'il y a mille ans. Ça n' peut être que le diable qu'en est la cause. Ils sont toujours à se battre entre eux, à se disputer. Et puis ils nous mettent dans le bain. Est-ce qu'ils nous y ont pas mis deux fois déjà, et on est assez bête pour aller là-bas arranger leurs histoires. Et puis un beau jour, ils s'amènent ici, ils fouinent partout, trouvent ton alambic et vont tout lui raconter.

Et ils sont toujours prêts à lui baiser la main. M'entends-tu ?

— Non, dit Mr. Shortley.

— Et j' vais te dire aut' chose. Ça m'étonnerait pas du tout qu'ils comprennent c' que tu dis, en anglais ou non.

— J' parle pas d'autre langue, murmura Mr. Shortley.

— Je m' doute, dit-elle, que sous peu y aura plus de nègres ici. Et j' vais te dire : j'aime mieux les nègres que ces Polonais. Qui plus est, quand le moment sera venu, j' suis prête à défendre les nègres. Quand Gobblehook est arrivé, tu t' rappelles comme il leur a serré la main, comme s'il voyait pas de différence, comme s'il avait été noir comme eux, mais quand il prend Sulk à voler des dindes, il s'en va tout lui dire. J' le savais qu'il volait des dindes. J'aurais bien pu lui dire moi-même. »

Mr. Shortley avait la respiration sereine de l'homme endormi.

« Un nègre ne sait pas quand il a un ami, dit-elle. Et j' vais te dire aut' chose. Je sais des tas de choses par Sledgewig. Elle a dit qu'en Pologne ils habitaient une maison de brique et qu'une nuit un homme était venu leur dire d'en partir avant le lever du jour. Tu l' crois, toi, qu'ils avaient une maison en brique ?... C'est des airs qu'ils se donnent. Une maison en bois m' suffit bien, à moi ! Chancey, tourne-toi par ici. J' déteste voir les nègres maltraités et mis à la porte. J'ai le cœur sensible pour les nègres et les pauv' gens. Est-ce que j'ai pas toujours été comme ça ? demanda-t-elle. Est-ce que j'ai pas toujours été l'amie des nègres et des pauv' gens ? Quand le temps sera venu, j' défendrai les nègres et on verra c' qu'on verra. J' veux pas voir ce curé chasser tous les nègres. »

Mrs. Mc Intyre acheta une herse neuve et un tracteur avec une grue, parce que, disait-elle, pour la première fois elle avait sous la main un homme qui savait se servir de la mécanique. Mrs. Shortley l'avait accompagnée jusqu'au champ pour inspecter ce qu'il avait hersé la veille. « Ç'a été fait de main de maître », dit Mrs. Mc Intyre, en laissant errer son regard sur les ondulations de la terre rouge.

Mrs. Mc Intyre avait changé depuis que la

Personne Déplacée travaillait pour elle et Mrs. Shortley avait observé ce changement avec une attention extrême : depuis quelque temps, Mrs. Mc Intyre se comportait comme quelqu'un qui s'enrichit en secret, et elle ne se confiait plus comme jadis à Mrs. Shortley, qui soupçonnait le prêtre d'être à l'origine de ce changement. Ces curés étaient très rusés — d'abord, il la ferait entrer dans son église, puis il mettrait la main sur le magot. « Eh bien, songeait Mrs. Shortley, ça sera elle qui sera le dindon de la farce ! » Mrs. Shortley, elle aussi, avait un secret. Elle savait une chose que la Personne Déplacée était en train de faire, une chose qui renverserait Mrs. Mc Intyre. « J' prétends toujours qu'il va pas travailler jusqu'à la fin de ses jours pour soixante-dix dollars par mois », murmura-t-elle. Elle était décidée à garder son secret pour elle et Mr. Shortley.

« Eh bien ! dit Mrs. Mc Intyre, il faudra peut-être que je renvoie un peu de main-d'œuvre pour lui donner davantage. »

Mrs. Shortley acquiesça, afin de bien montrer qu'elle s'en doutait depuis quelque temps. « Je n' dis pas que ces nègres ne l'ont pas senti venir, dit-elle, mais ils font du mieux qu'ils peuvent. On peut toujours dire à un nègre ce qu'il a à faire et rester à côté de lui tant qu'il l'a pas fait.

— C'est ce que le Juge disait », déclara Mrs. Mc Intyre, et elle l'approuva d'un regard. Le Juge avait été son premier mari, celui qui lui avait laissé la ferme. Mrs. Shortley avait entendu dire qu'elle l'avait épousé à trente ans, alors que lui en avait soixante-quinze — avec l'idée qu'elle serait riche à sa mort. Mais le vieil homme était un coquin, et à la succession on s'aperçut qu'il n'avait plus un sou vaillant. Tout ce qu'il lui laissait, c'était les cinquante âcres et la maison. Mais elle parlait toujours de lui avec respect, et citait ses maximes, comme « Le malheur des uns fait le bonheur des autres » et « Il n'est pire danger que danger caché ».

« Cependant, fit remarquer Mrs. Shortley, il n'est pire danger que danger caché », et elle dut se retourner pour que Mrs. Mc Intyre ne voie pas son sourire. Ce que la Personne Déplacée était en train de faire, elle l'avait découvert grâce au vieil Astor, et ne s'en était ouverte à personne, sauf à Mr. Shortley. Mr. Shortley s'était dressé sur son lit, tel Lazare surgissant du tombeau.

« Ferme-la ! avait-il dit.

— Oui, avait-elle répondu.

— Et tout de suite.

— Oui », avait-elle ajouté. Et Mr. Shortley était retombé sur le dos.

« Le Polonais ne s' méfie pas, avait dit Mrs. Shortley. J' suis sûre que c'est le curé qui l'a lancé là-dedans. Tout ça vient du curé. »

Le prêtre venait souvent voir les Guizac et faisait toujours une petite visite à Mrs. Mc Intyre ; ils se promenaient ensemble dans la propriété, elle lui montrait les transformations en écoutant son bavardage. L'idée vint soudain à l'esprit de Mrs. Shortley qu'il essayait de la persuader de faire venir une autre famille polonaise à la ferme. Avec deux familles, on ne parlerait plus que polonais ou presque. Les nègres seraient partis et ces deux familles se ligueraient contre Mr. Shortley et elle-même. Elle imagina une guerre des mots, elle voyait les mots polonais et les mots anglais se défier, s'avancer les uns contre les autres, et s'empoigner — non des phrases, mais des mots, bla-bla-bla-bla-bla, des mots pointus qu'on se lançait à toute volée, qui s'affrontaient et luttaient corps à corps. Elle vit les mots polonais, sales, bien renseignés et jamais réformés, jeter de la boue sur les mots anglais bien propres, jusqu'à ce qu'ils soient tous couverts de la même saleté. Elle les vit empilés dans une pièce — tous les cadavres des mots sales, les leurs et les siens, entassés comme les corps des actualités. « Dieu me protège, s'écria-t-elle intérieurement, de la puissance nauséabonde de Satan ! » À partir de ce jour, elle se mit à lire la Bible avec une attention toute neuve. Elle se pencha sur l'Apocalypse et cita les Prophètes et ne tarda pas à acquérir une compréhension plus profonde de son existence. Elle vit lumineusement que la signification du monde était un mystère délibéré du Créateur, et ne fut pas surprise de soupçonner qu'un rôle avait été prévu pour elle dans Sa création, parce qu'elle était forte. Elle vit que le Seigneur et Dieu tout-puissant avait créé les forts pour faire ce qui devait être fait, et elle était sûre qu'elle serait prête à Son appel. Dans l'immédiat, elle sentait que son devoir était de surveiller le prêtre.

Ses visites l'irritaient de plus en plus. La

dernière fois, on l'avait vu fouiner dans les coins, ramasser des plumes par terre. Il avait trouvé deux plumes de paon, quatre ou cinq de dinde et une vieille plume de poule, et il les avait emportées en les tenant comme un bouquet. Ce comportement imbécile ne pouvait tromper Mrs. Shortley. Elle connaissait son vrai visage et son vrai but : amener une foule d'étrangers en des lieux qui ne leur appartenaient pas pour y jeter le désordre, chasser les nègres et introduire la Prostituée de Babylone au milieu des Justes. Chaque fois qu'il venait à la ferme elle se cachait et le surveillait jusqu'à ce qu'il parte.

Ce fut un dimanche après-midi qu'elle eut sa vision. Elle avait été rentrer les vaches à la place de Mr. Shortley qui avait mal au genou, et elle marchait lentement dans le pâturage, les bras croisés, les yeux fixés sur les nuages lointains et bas qui ressemblaient à d'interminables rangées de poissons blancs échoués sur un grand rivage bleu. Épuisée, elle s'arrêta au sommet d'une côte pour pousser un long soupir car ses jambes devaient porter un poids considérable et elle n'était plus aussi jeune qu'autrefois. Par moments, elle sentait son cœur, tel un poing d'enfant, se contracter, puis se détendre dans sa poitrine et, quand elle éprouvait cette sensation, son esprit se paralysait, et elle allait à la dérive, telle une immense nef livrée aux courants. Mais elle avait gravi cette côte sans frémir, et elle s'arrêta au sommet, fière d'elle-même. Soudain, tandis qu'elle regardait, le ciel se scinda en deux pans, comme un rideau de théâtre, et une silhouette gigantesque lui fit face. Elle était de la couleur or pâle du soleil en ces débuts d'après-midi. Elle n'avait aucune forme définie, mais elle y distingua des roues de feu incrustées d'yeux noirs et farouches, qui tournaient follement autour de la silhouette. Elle ne pouvait dire si cette silhouette avançait ou reculait tant sa splendeur était grande. Elle ferma les yeux pour la mieux regarder, et la forme devint rouge sang, et les roues devinrent blanches. Une voix retentissante ne clama que ce mot : « Prophétie. »

Elle resta sur place, chancelante un peu, mais droite toujours, les yeux clos, les poings serrés, et son chapeau de paille enfoncé sur le front. « Les fils des nations impies seront massacrés, clama-t-elle. Les jambes seront à la place des bras, les pieds aux visages, les oreilles dans la paume des mains. Qui demeurera indemne ? Qui ? »

Elle ouvrit bientôt les yeux. Le ciel était rempli de poissons blancs qui dérivaient mollement sur le flanc, au gré de quelque courant invisible, et des fragments de soleil submergés, à quelque distance, apparaissaient de temps à autre, comme s'ils étaient emportés par le flot dans la direction opposée. Marchant ainsi qu'un automate, elle parcourut le pâturage et arriva à l'étable. Elle la traversa, comme frappée d'hébétude, et n'adressa pas un mot à Mr. Shortley. Puis elle s'engagea sur la route, et vit la voiture du prêtre arrêtée devant la maison de Mrs. Mc Intyre. « Encore là, murmura-t-elle, et venu pour détruire. »

Mrs. Mc Intyre et le prêtre marchaient dans la cour. Pour éviter de se trouver nez à nez avec eux, elle tourna à gauche et entra dans la réserve, une bâtisse à une seule pièce où étaient entassés, sur un côté, des sacs d'aliments variés pour les animaux. Il y avait de vieilles coques d'huîtres dans un coin, quelques calendriers sales au mur, des réclames d'aliments pour les veaux et de plusieurs spécialités pharmaceutiques. L'une d'elles représentait un homme distingué et barbu, en redingote. Il brandissait une bouteille, et sous ses pieds étaient écrits ces mots : « Je n'ai plus de constipation grâce à cette merveilleuse découverte. » Mrs. Shortley s'était toujours senti de la sympathie pour cet homme, comme s'il était une connaissance de choix, mais aujourd'hui, son esprit se concentrait tout entier sur la dangereuse présence du prêtre. Elle se posta à une fissure entre deux planches, d'où elle pourrait l'épier. Elle le vit s'avancer avec Mrs. Mc Intyre vers la couveuse des dindes, tout contre la réserve.

« Arrrr !, dit-il, comme ils approchaient de la couveuse. Regardez les petits mignons oiseaux ! » Il se baissa, plissa les yeux et regarda à travers le grillage.

La bouche de Mrs. Shortley se contracta.

« Croyez-vous que les Guizac veulent me quitter ? demanda Mrs. Mc Intyre. Croyez-vous qu'ils iront à Chicago ou dans une autre ville de ce genre ?

— Et pourquoi s'en iraient-ils maintenant ? demanda le prêtre. » Son doigt se mit à frétiller dans la direction d'une dinde, et son grand nez était collé au grillage.

« L'argent ! dit Mrs. Mc Intyre.

— Arrrr ! alors, donnez-leur-en plus, dit-il d'une voix indifférente. Il faut bien qu'ils vivent !

— Moi aussi, dit Mrs. Mc Intyre entre ses dents. Ça va me forcer à me débarrasser de quelques autres.

— Et... vous êtes satisfaite des Shorrrtley ? s'informa-t-il, plus attentif aux dindes qu'à son hôte.

— Le mois dernier, j'ai surpris Mr. Shortley cinq fois à fumer dans la grange, dit Mrs. Mc Intyre — cinq fois !

— Et les nègrrres sont-ils mieux ?

— Ils mentent, volent, et il faut tout le temps être sur leur dos.

— Tss, tss, dit-il ; lesquels choisirez-vous de congédier ?

— J'ai décidé de donner à Mr. Shortley son mois de préavis demain », dit Mrs. Mc Intyre.

Le prêtre semblait à peine l'entendre, tant il était occupé à faire frétiller son doigt à travers le grillage. Mrs. Shortley tomba assise avec un choc sourd sur un sac ouvert de farine pour les poules, et souleva des nuages de poudre. Elle se surprit à regarder le mur d'en face, où l'homme distingué du calendrier offrait sa merveilleuse découverte, mais elle ne le voyait pas. Elle avait les yeux fixés droit devant elle, comme une aveugle. Alors elle se leva et courut d'un trait jusqu'à chez elle. Son visage était d'un rouge quasi volcanique.

Elle ouvrit tous les tiroirs, sortit de dessous le lit des boîtes et des vieilles valises bosselées. Elle entreprit de vider les tiroirs dans les boîtes, sans s'arrêter une minute, ni enlever le chapeau de soleil qu'elle avait sur la tête. Elle commanda à ses deux filles d'en faire autant dans leur chambre. Quand Mr. Shortley rentra, elle ne le regarda même pas, se contenta de diriger un bras vers lui, tandis que l'autre continuait à faire les bagages. « Amène la voiture à la porte de derrière, dit-elle. Tu n' vas pas attendre qu'on t' jette dehors. »

Mr. Shortley n'avait jamais douté de l'omniscience de sa femme. Il comprit la situation en une demi-seconde et, l'air sombre, battit en retraite vers la porte, sortit, et amena l'auto derrière la maison. Ils attachèrent les deux lits de fer sur le toit de la voiture, les deux fauteuils à bascule dans les lits, et ils roulèrent les deux matelas entre les fauteuils. À l'intérieur de la voiture, ils entassèrent les vieilles valises et les boîtes en laissant une petite place pour Annie-Maud et Sarah-Mae. Cela leur prit le reste de l'après-midi et la moitié de la nuit, mais Mrs. Shortley était décidée à partir avant quatre heures du matin pour que Mr. Shortley ne puisse pas faire une traite de plus dans cette ferme. Et son visage, pendant tout ce temps-là, n'avait cessé de virer du rouge au blanc, puis du blanc au rouge.

Ils furent prêts juste avant l'aurore. Il y avait une petite bruine. Ils s'installèrent de leur mieux dans la voiture, coincés entre des boîtes, des paquets et des ballots de couvertures. L'automobile noire au toit carré s'ébranla avec plus de grincements que d'habitude, comme si elle protestait contre la surcharge.

À l'arrière, les deux filles maigres aux cheveux blond filasse étaient assises sur une pile de boîtes et il y avait, quelque part sous les couvertures, un petit chien à pattes courtes et une chatte avec ses deux chatons. La voiture avançait lentement, comme une arche surchargée qui eût fait voie d'eau ; elle s'éloigna de la masure et passa devant la maison blanche où Mrs. Mc Intyre dormait à poings fermés, loin de se douter que ses vaches ne seraient pas traites par Mr. Shortley ce matin-là ; puis, devant la masure du Polonais, au sommet de la côte ; elle atteignit enfin la grille au moment où la franchissaient les deux nègres, l'un derrière l'autre, qui s'en allaient aider à la traite. Ils regardèrent attentivement la voiture et ses occupants mais, même quand les faibles phares jaunes leur éclairèrent le visage, ils firent poliment semblant de ne rien voir, ou tout au moins feignirent de rester indifférents. Après tout, cette voiture si lourdement chargée était peut-être une brume voyageuse dans la demi-lumière de l'aube. Ils continuèrent à monter la côte du même pas égal, sans se retourner.

Un soleil jaune foncé se levait dans un ciel du même gris uni que celui de la grand-route. Des champs d'herbe drue s'étendaient de chaque côté d'eux. « Où va-t-on ? » demanda Mr. Shortley pour la première fois.

Mrs. Shortley avait un pied sur une caisse, si bien que son genou lui rentrait dans le ventre.

Le coude de Mr. Shortley lui frôlait le nez et le pied gauche de Sarah-Mae, qui passait pardessus le siège avant, lui touchait l'oreille.

« Où allons-nous ? » répéta Mr. Shortley et, comme il ne recevait aucune réponse, il tourna la tête et la regarda.

Une colère farouche semblait concentrer lentement toutes ses ardeurs sur son visage, comme si elle se préparait à l'assaut final. Elle se tenait toute droite, malgré sa jambe recroquevillée sous elle et la menace d'un genou au niveau de son cou ; mais on remarquait une étrange absence de lumière dans ses yeux d'un bleu d'acier. Toute l'intensité de leur vision semblait tournée vers l'intérieur. Elle agrippa soudain le coude de Mr. Shortley, et, en même temps, le pied de Sarah-Mae, et elle les tira, les poussa, comme si elle essayait d'adapter à son propre corps deux membres excédentaires.

Mr. Shortley lança un juron et arrêta la voiture. Sarah-Mae cria à sa mère de la lâcher, mais Mrs. Shortley avait l'intention, semblait-il, de remanier sur-le-champ toute l'ordonnance de la voiture. Elle se penchait en avant, se rejetait en arrière, saisissait tout ce qui lui tombait sous la main et le serrait contre elle, la tête de Mr. Shortley, la jambe de Sarah-Mae, la chatte, un ballot de draps et de couvertures, son propre genou rond comme une lune ; puis, tout à coup, la violence qui était sur son visage décrut, se mua en étonnement, et ses mains relâchèrent leur étreinte. L'un de ses yeux se rapprocha de l'autre, sembla s'affaisser doucement, et elle ne bougea plus.

Les deux filles, qui ignoraient ce qui lui arrivait, demandèrent en chœur : « Où va-t-on, m'man ? Où va-t-on ? » Elles pensaient qu'elle leur faisait une farce, et que leur père, qui ne détournait pas les yeux de son visage, faisait le mort. Elles ne savaient pas qu'elle venait de connaître une redoutable expérience, ni même qu'elle avait été arrachée à tout ce qui lui appartenait en ce monde. La route grise et lisse qui se déroulait devant elles leur fit peur, et elles répétèrent de plus en plus fort : « Où va-t-on, m'man, où va-t-on ? » — tandis que leur mère, dont l'énorme corps immobile était ramassé contre le siège et dont les yeux semblaient de verre bleu, paraissait contempler pour la première fois les frontières terrifiantes de sa véritable patrie.

« Eh bien, dit Mrs. Mc Intyre au vieux nègre, on peut se passer d'eux. On en a vu venir et repartir, des Blancs et des Noirs. » Elle était dans l'étable que le nègre nettoyait et, avec son râteau, elle attrapait parfois un épi de maïs dans un coin, ou lui désignait quelque flaque d'eau oubliée. Quand elle découvrit que les Shortley étaient partis, elle en fut ravie : ainsi elle n'aurait pas à les congédier. Les gens qu'elle embauchait la quittaient toujours — c'était leur genre. De toutes les familles qu'elle avait eues, les Shortley étaient les mieux, si l'on exceptait la Personne Déplacée : eux n'étaient pas des incapables. Mrs. Shortley était une brave femme, et elle lui manquerait, mais, comme disait le Juge, « on ne peut pas avoir le tout et son reste », et puis la Personne Déplacée faisait parfaitement l'affaire. « On les a vus venir et repartir, répéta-t-elle, satisfaite.

— Et moi et vous, dit le vieil homme en se

baissant pour passer sa binette sous une mangeoire, on est encore là. »

Elle comprit exactement ce qu'il voulait lui faire comprendre, au ton qu'il employa. Des rayons de soleil s'infiltraient par le plafond craquelé, et découpaient le dos du vieillard en trois parties distinctes. Elle regarda les longues mains serrées sur le manche de la binette, et la vieille silhouette qui se courbait sur elles. « Tu étais peut-être ici *avant* moi, se dit-elle, mais il est plus que probable que j'y serai encore quand tu seras parti. »

« J'ai passé la moitié de ma vie à perdre mon temps avec des bons à rien, dit-elle d'une voix sévère, mais maintenant, c'est bien fini.

— Les Noirs et les Blancs, dit-il, c'est tout pareil.

— C'est bien fini », répéta-t-elle, et elle tira d'un coup sec sur la blouse de travail qu'elle avait jetée sur ses épaules comme une cape. Elle portait un chapeau de paille noir aux larges bords, qu'elle avait payé vingt dollars, il y avait vingt ans de cela, et qu'elle utilisait maintenant comme chapeau de soleil. « L'argent est la source de tous les maux, dit-elle. Le Juge le disait tous les jours. Il déplorait que l'argent existe. Il prétendait que si vous êtes arrogants, vous les nègres, c'est parce qu'il y a trop d'argent en circulation. »

Le vieux nègre avait connu le Juge. « L' Juge disait qu'il aimerait voir le jour où il s'rait trop pauvre pour payer un nègre pour travailler, dit-il. Il disait que quand c' jour-là arriverait, le monde y r'tomberait sur ses pieds. »

Elle se pencha en avant, mains sur les hanches et cou tendu : « Eh bien, ce jour-là n'est pas loin et je vous le dis à tous : vous feriez mieux de vous méfier. Rien ne me force plus à me contenter d'idioties, maintenant. J'ai quelqu'un qui *doit* travailler. »

Le vieil homme savait quand répondre et quand se taire. Au bout d'un moment, il dit : « On les a vus venir et on les a vus repartir.

— Pourtant les Shortley n'étaient pas les plus mauvais, loin de là, dit-elle. Je me souviens bien des Garrit.

— Avant eux, y a eu les Collins, rappela-t-il.

— Non c'était les Ringfield.

— Doux Jésus, ces Ringfield ! murmura-t-il.

— Des gens de cet acabit ont horreur du

travail, dit-elle.

— On les a vus venir et on les a vus repartir, répéta-t-il comme un refrain. Mais on en a jamais eu un, dit-il en se redressant lentement jusqu'à lui faire face, comme celui qu'on a maintenant. » Son visage avait la couleur de la cannelle, et ses yeux étaient tellement usés par l'âge qu'ils semblaient être enfouis sous des toiles d'araignée.

Elle le regarda fixement, et ne détourna point son regard avant qu'il se fût courbé pour prendre sa binette ; il ramena un monceau de copeaux contre la brouette. Elle dit sèchement : « Il lui faut moins de temps pour laver cette étable qu'il en fallait à Mr. Shortley pour s'y décider.

— Il est de Palogne, murmura le vieux.

— De Pologne.

— En Palogne ça n'est pas comme ici, dit-il. Ils ont des façons de faire différentes, et il se mit à marmonner des paroles incompréhensibles.

— Qu'est-ce que tu dis ? Si tu as quelque chose à dire sur lui, dis-le, et dis-le tout haut. »

Il resta muet, fléchissant les genoux au risque

de perdre l'équilibre, puis glissa son râteau sous l'auge.

« Si tu es au courant de quelque chose qu'il a fait et qu'il aurait pas dû faire, tu dois me le dire.

— C' n'est pas comme quelque chose qu'il devrait ou devrait pas, marmonna-t-il, c'est quelque chose que personne d'autre ne fait.

— En somme, tu n'as rien contre lui, dit-elle sèchement ; il est ici et il y restera.

— On n'en a jamais vu un comme lui avant, c'est tout, murmura-t-il, en lui adressant son rire poli.

— Les temps changent, dit-elle. Sais-tu ce qui arrive à ce monde ? Il enfle. Il se remplit de tant de gens que seuls les débrouillards, les économes et les énergiques vont survivre. » Elle mit en relief les mots : « débrouillards, économes, énergiques », en les martelant sur la paume de sa main.

Par-delà l'étable, elle apercevait la Personne Déplacée, qui se tenait à la porte ouverte de la grange, le tuyau vert à la main. Il y avait une certaine raideur dans sa personne qui semblait contraindre Mrs. Mc Intyre à l'approcher lentement — même en pensée. La raison en était, croyait-elle, qu'elle ne pouvait converser aisément avec lui. Chaque fois qu'elle lui disait quelque chose, elle se surprenait à parler fort, avec des hochements de tête extravagants, tout en ayant conscience qu'un des nègres était caché derrière le hangar le plus proche, en train d'épier.

« Ah ça non ! dit-elle en s'asseyant sur l'un des râteliers, bras croisés. J'ai décidé une fois pour toutes que j'ai eu assez de bons à rien ici, et que je ne vais pas passer le restant de mes jours à perdre mon temps avec des Shortley, des Ringfield et des Collins, alors que le monde est plein de gens qui *doivent* travailler.

— Comment qu'y en a tant de trop ? demanda le vieux nègre.

— Les gens sont égoïstes, dit-elle. Ils font trop d'enfants ; ça en devient insensé. »

Il avait pris la brouette et franchissait à reculons la porte ; il s'arrêta à la frontière de l'ombre et de la lumière, immobile, en mâchant ses gencives, comme s'il avait oublié dans quelle direction il voulait aller.

« Ce que vous, les Noirs, ne comprenez pas,

c'est que je suis la seule ici qui fasse tout marcher. Si vous ne travaillez pas, je ne gagne plus rien, et je ne peux pas vous payer. Vous dépendez tous de moi, mais chacun de vous se comporte comme une chaussure enfilée au mauvais pied. »

Il n'était pas possible de dire, d'après son visage, s'il avait entendu. Finalement, il sortit avec la brouette. « Le Juge disait bien qu'y avait pas pire danger que danger caché », marmonna-t-il, mais assez distinctement ; puis il fit demi-tour et s'éloigna en poussant sa brouette.

Elle se leva et le suivit : une profonde ride verticale était apparue au milieu de son front, juste au-dessous des bandeaux roux. « Il y a longtemps que le Juge a cessé de payer les notes ici », cria-t-elle au vieil homme.

Il était le seul des nègres à avoir connu le Juge, et il était d'avis que cela lui donnait des droits. Il avait tenu en médiocre estime Mr. Crooms et Mr. Mc Intyre, ses autres maris, et, de sa manière allusive et polie, il l'avait félicitée lors de ses deux divorces. Quand il le jugeait nécessaire, il venait travailler sous la fenêtre où il savait qu'elle était assise, et se parlait tout seul, faisait questions et réponses, usait de la périphrase et du refrain. Un jour, elle s'était levée sans bruit et avait claqué la fenêtre si fort qu'il en était tombé à la renverse. D'autres fois, il parlait avec le paon. Le paon le suivait partout dans la ferme, l'œil fixé sur l'épi de maïs qui sortait de la poche du vieil homme, ou bien, lorsqu'il était assis, le paon venait se servir lui-même. Une fois, par la porte ouverte de la cuisine, elle l'avait entendu dire à l'oiseau : « Je m' souviens quand y en avait vingt comme toi à la ferme, maintenant y a seulement toi et deux paonnes. Du temps de Crooms c'était douze ; cinq du temps de Mc Intyre ; et maintenant plus que toi et deux paonnes. »

Cette fois-là, elle était sortie de la cuisine et avait dit : « Mr. Crooms et Mr. Mc Intyre. Je ne veux plus t'entendre les appeler autrement. Et mets-toi bien ça dans la tête : quand ce jeune paon crèvera, il ne sera pas remplacé. »

Elle ne gardait le paon que par une sorte de crainte superstitieuse de tourmenter le Juge au fond de son tombeau. Il avait aimé les voir se promener dans la ferme car, disait-il, ils lui donnaient l'impression d'être riche. De ses trois maris, le Juge était le plus présent à son esprit, bien qu'il fût le seul qu'elle eût enterré. Il reposait dans le caveau de famille — une petite parcelle de terrain avec une grille autour, au milieu du champ de maïs derrière la maison — avec sa mère, son père, son grand-père, trois grand-tantes et deux cousins morts dans leur prime jeunesse. Mr. Crooms, son second mari, était enfermé à quarante milles de là dans un asile d'aliénés, et Mr. Mc Intyre, le dernier, était ivre mort, supposait-elle, dans quelque chambre d'hôtel en Floride. Mais le Juge, enterré dans le champ de maïs avec tant de parents, n'avait en somme pas quitté la maison familiale.

Elle l'avait épousé pour son argent, alors qu'il était déjà d'un âge avancé ; mais il y avait eu une autre raison qu'elle refusa d'admettre alors, même au fond de son cœur ; elle éprouvait de la sympathie pour lui. C'était un magistrat qui ne manquait pas d'originalité ; il était sale, prisait et passait dans le pays pour être riche ; il portait des chaussures montantes, une cravate-cordelière blanche, un complet gris à raies noires et un panama jauni, été comme hiver. Ses dents et ses cheveux avaient la couleur du tabac, et son visage était rose argile, grêlé et sillonné de marques mystérieuses — préhistoriques, eût-on dit — comme si on l'eût déterré au milieu de fossiles. Il flottait autour de sa personne une odeur de factures tendrement manipulées et tachées de sueur, mais il n'avait jamais d'argent sur lui, pas une pièce de monnaie à montrer. Elle avait été sa secrétaire quelques mois et le vieil homme, perspicace, avait vu immédiatement que cette femme l'admirait pour lui-même. Elle l'épousa : les trois années qui suivirent leur mariage furent les plus heureuses et les plus prospères de la vie de Mrs. Mc Intyre ; mais, à sa mort, on s'aperçut qu'il était ruiné. Il lui laissait une maison hypothéquée et cinquante acres de terrain : mais il s'était arrangé pour faire abattre les arbres avant de mourir. C'était comme le couronnement d'une vie réussie : il emportait tout avec lui.

Mais elle avait survécu. Elle avait survécu à une kyrielle de métayers et de laitiers dont le vieux Juge lui-même n'eût pu venir à bout ; à toute une tribu de nègres sinistres et suspects, qui la grugeaient d'un bout à l'autre de l'année ; elle avait même réussi à sauvegarder son bien contre les sangsues accessoires, marchands de bestiaux, bûcherons et brocanteurs de tout poil qui venaient brailler dans sa cour, sur des camions faits de bric et de broc. Elle redressait un peu le buste, gardait les bras croisés sous sa blouse, et son visage exprimait le contentement, alors qu'elle observait les gestes de la Personne Déplacée : maintenant, il fermait le robinet et rentrait dans la grange. Elle était désolée que le pauvre eût été chassé de Pologne, eût dû traverser toute l'Europe pour repartir à zéro dans une pauvre masure en pays étranger ; mais elle n'en était aucunement responsable. Elle-même avait connu de durs moments. Elle savait ce que lutter veut dire. Il faudrait obliger les gens à lutter. On avait probablement tout donné à Mr. Guizac depuis son évasion de Pologne. Sans doute n'avait-il pas eu assez à lutter. Elle lui avait donné un emploi. Elle ne savait s'il lui en était reconnaissant ou non. Elle ne savait rien de lui, sauf qu'il faisait son travail. En vérité, il ne lui paraissait pas encore très réel. Il était une sorte de miracle dont elle avait été témoin, dont elle parlait, mais auquel elle n'accordait pas encore une croyance totale.

Elle le regarda sortir de la grange et se diriger vers Sulk qui arrivait du bout de l'enclos. Le Polonais gesticula puis sortit un objet de sa poche et tous deux se mirent à le regarder. Elle prit l'allée pour les rejoindre. La haute silhouette du nègre était pleine de nonchalance et il tendait la tête en avant, de la même manière ahurie que d'habitude. Il avait à peu près le niveau mental d'un idiot de village, mais c'est ainsi que les Noirs étaient de bons travailleurs. Le Juge disait qu'il fallait toujours embaucher des nègres simples d'esprit, parce qu'ils ne sont pas assez intelligents pour s'arrêter de travailler. Le Polonais faisait des gestes rapides. Il laissa quelque chose au Noir, puis s'éloigna ; bientôt elle entendit le tracteur se mettre en marche. Mr. Guizac allait travailler dans le champ. Le nègre n'avait pas encore bougé ; il regardait bouche bée l'objet qu'il tenait à la main.

Elle entra dans l'enclos et traversa la grange. Elle jeta un regard satisfait sur le sol de ciment mouillé encore, mais impeccable. Il n'était que neuf heures et demie : Mr. Shortley n'avait jamais rien lavé avant onze heures. Comme elle sortait par l'autre porte, elle vit le nègre qui suivait à pas lents une allée oblique de l'autre côté de la route, les yeux toujours fixés sur ce que Mr. Guizac lui avait donné. Il ne la voyait pas. Il s'arrêta, plia les genoux, s'appuya sur une main et sa langue se mit à décrire de petits cercles. C'était une photographie qu'il avait à la main. Il leva un doigt et caressa l'image. Puis il la vit et parut se muer en statue, la bouche restant figée dans un demi-sourire, et le doigt en l'air.

« Pourquoi n'as-tu pas été au champ ? » demanda-t-elle.

Il leva un pied, ouvrit plus grande la bouche tandis que la main qui tenait la photo rampait vers sa poche.

« Qu'est-ce que c'est ça ? dit-elle.

— C'est rien », marmonna-t-il, et il la lui tendit automatiquement.

C'était la photographie d'une fillette d'une douzaine d'années, en robe blanche. Elle avait une couronne dans ses cheveux blonds et des yeux très clairs, doux et câlins.

« Qui est cette enfant ? demanda Mrs. Mc Intyre.

— C'est sa cousine, dit le jeune Noir d'une voix aiguë.

— Et qu'est-ce que tu fais de cette photo ? demanda-t-elle.

— Elle va m' marier, dit-il d'une voix plus aiguë encore.

— T'épouser ? cria-t-elle.

— J' paie la moitié pour la faire venir, dit-il. J' donne trois dollars par semaine à Mr. Guizac. Elle est plus grande maintenant. C'est sa cousine. Ça lui est égal qu'est-ce qui la marie, elle est heureuse de s'en aller d' là-bas. »

La voix aiguë sembla fuser comme un jet sonore puis retomba soudain quand il vit le visage de Mrs. Mc Intyre. Ses yeux avaient la couleur d'un granit bleu quand le soleil frappe dessus, mais elle ne le regardait pas. Elle regardait la route, d'où parvenait le bruit d'un tracteur lointain.

« J' crois pas qu'elle pourra v'nir d' toute façon, murmura le garçon.

— Je vais faire en sorte qu'on te rende tout ton argent », dit-elle d'une voix neutre, puis elle fit demi-tour et s'éloigna, en emportant la photo pliée en deux. Rien dans sa petite silhouette raide ne trahissait le moindre trouble.

Aussitôt rentrée chez elle, elle s'allongea sur

son lit, ferma les yeux et pressa la main sur son cœur, comme si elle essayait de le maintenir en place. Au bout d'un instant, elle se dressa sur son séant et dit tout haut : « Ils sont tous pareils. Ça a toujours été comme ça », et elle se rallongea sur le lit. « Vingt ans à se faire carotter, à se faire rouler, et ils ont pillé jusqu'à sa tombe », — et, à ce souvenir, elle se mit à pleurer doucement, en essuyant ses yeux de temps à autre avec le bord de sa blouse.

Elle pensait à l'ange au-dessus de la tombe du Juge. C'était un chérubin nu, en granit, que le vieil homme avait un jour vu à la devanture d'un magasin d'articles funéraires. Il lui avait plu tout de suite, d'abord parce que le visage de l'ange lui rappelait celui de sa femme, puis parce qu'il souhaitait avoir une œuvre d'art authentique sur sa tombe. Il l'avait ramené par le train, en le serrant contre lui sur une banquette de peluche verte. Mrs. Mc Intyre n'avait jamais remarqué aucune ressemblance entre l'ange et elle. Elle l'avait toujours trouvé affreux mais, quand les Herrin l'avaient volé sur la tombe du vieil homme, elle s'était sentie choquée et outragée. Mrs. Herrin l'avait trouvé très joli, et elle avait été souvent le voir sur la tombe ; les Herrin partirent un beau jour, et l'ange avec, sauf ses doigts de pied, car la hache que le vieil Herrin avait utilisée pour le desceller avait frappé un peu trop haut. Mrs. Mc Intyre n'avait jamais pu s'offrir un ange de remplacement. Quand elle eut pleuré tout son saoul, elle se leva et gagna l'arrière-vestibule, recoin sombre et silencieux comme une chapelle, où se trouvaient le fauteuil à bascule du Juge et son bureau. Elle s'assit sur le bord du fauteuil, le coude appuyé sur le bureau. C'était un énorme bureau à cylindre criblé de cases pleines de papiers poussiéreux. De vieux carnets de comptes et des registres s'entassaient dans des tiroirs à demi ouverts et il y avait un petit coffre-fort, vide mais verrouillé, encastré comme un tabernacle au centre même du meuble. Elle avait laissé intacte cette partie de la maison depuis la mort du vieil homme. C'était une sorte de monument commémoratif, et sacré, puisque c'était là qu'il dirigeait ses affaires. Quand on l'inclinait, même légèrement, dans un sens ou dans l'autre, le fauteuil noir laissait entendre un gémissement sépulcral et rouillé identique à celui que le Juge poussait quand il déplorait sa pauvreté. Son principe premier était de parler comme s'il était l'homme le plus pauvre du monde ; elle l'avait adopté plus tard non seulement pour l'imiter, mais parce que c'était vrai. Quand elle s'asseyait, le visage tendu et contracté tourné vers le coffre-fort vide, elle savait qu'il n'y avait personne au monde de plus pauvre qu'elle.

Elle resta immobile devant le bureau pendant près d'un quart d'heure puis, ayant refait quelques forces, elle se leva, monta dans sa voiture et se dirigea vers le champ de maïs.

La route traversait un petit bois de pins ombreux et se terminait en haut d'une colline, dont la pente s'ouvrait ensuite en éventail, pour se redresser et se déployer en une ample marée de panicules vertes. Mr. Guizac fauchait à partir de l'extérieur du champ, et, par cercles successifs, arrivait en son centre même, là où se trouvait le tombeau, fort bien caché par le maïs ; elle apercevait le Polonais à la lisière lointaine de la pente, monté sur le tracteur, avec l'ensileuse et la remorque derrière.

De temps en temps, il devait descendre du tracteur et grimper sur la remorque pour étaler le fourrage, parce que le nègre n'était pas arrivé.

Elle le regardait avec impatience, debout devant son coupé noir, bras croisés sous sa blouse de travail, tandis qu'il faisait lentement le tour du champ, se rapprochant d'elle peu à peu, si bien qu'elle put lui faire signe de descendre. Il arrêta le tracteur, bondit à terre, vint à elle en courant et en essuyant son visage cramoisi avec un chiffon souillé de graisse.

« Je veux vous parler », dit-elle, et elle lui fit signe de venir à la lisière du boqueteau où il y avait de l'ombre. Il retira sa casquette et la suivit en souriant, mais son sourire disparut quand elle se retourna et lui fit face. Ses sourcils fins et hérissés comme des pattes d'araignée s'étaient rapprochés, menaçants, et la profonde ride verticale qui naissait au niveau des bandeaux plongeait maintenant jusqu'à l'arête de son nez. Elle tira de sa poche la photo pliée en deux et la lui tendit en silence. Puis elle recula d'un pas et dit : « Mr. Guizac ! vous voudriez faire venir cette pauvre enfant innocente, et essayer de la donner à un Noir idiot, voleur et qui pue le nègre ! Quel espèce de monstre êtes-vous donc ? »

Il prit la photographie, et son sourire, lentement, reparut. « Ma cousine, dit-il. Elle a douze ans là-dessus. C'est sa première communion. Seize maintenant. »

« Monstre ! » se dit-elle, et elle le dévisagea comme si elle ne l'avait jamais vu. Son front et son crâne étaient blancs là où ils avaient été protégés par la casquette, mais le reste du visage était rouge et hérissé de petits poils jaunes. Ses yeux ressemblaient à deux clous brillants derrière ses lunettes à monture dorée, réparées au-dessus du nez avec du fil à botteler. Son visage semblait un assemblage de morceaux empruntés à plusieurs autres. « Mr. Guizac », dit-elle, et elle parla lentement au début puis accéléra l'allure pour s'arrêter enfin au milieu d'un mot, à bout de souffle. « Mr. Guizac, ce nègre ne peut pas prendre pour femme une Blanche venue d'Europe. Ce n'est pas ainsi qu'il faut parler aux nègres. Vous allez l'exciter, et de plus, c'est interdit. Ça se fait peut-être en Pologne mais pas ici ; il va falloir cesser tout ça. C'est absurde. Ce nègre n'a pas une once de bon sens et vous allez l'exciter, et c'est int...

— Elle au camp trois ans, dit-il.

— Votre cousine, déclara-t-elle avec force, ne peut venir ici épouser un de mes nègres.

— Elle seize ans, dit-il. De Pologne — maman morte, papa mort. Elle attend dans un camp. Trois camps. » Il tira de sa poche un portefeuille, y fouilla, et sortit une autre photo de la même jeune fille, mais de quelques années plus âgée, et vêtue de quelque chose de sombre et d'informe. Elle était debout contre un mur, avec une femme toute petite qui, apparemment, n'avait plus de dents. « La maman d'elle, dit-il, montrant du doigt la femme. Elle morte dans le camp deuxième.

— Mr. Guizac, dit Mrs. Mc Intyre, en repoussant la photo, je ne veux pas qu'on jette le désordre chez mes nègres. Je ne peux pas faire marcher cette ferme sans eux. Je peux la faire marcher sans vous, mais pas sans eux et, si vous parlez encore de cette fille à Sulk, vous n'aurez plus de travail chez moi. Vous comprenez ? »

Il n'y paraissait guère, à voir son visage. Il essayait, semblait-il, d'ajuster tous ces mots dans son esprit pour leur donner forme de pensée. Mrs. Mc Intyre se rappela les paroles de Mrs. Shortley : « Il comprend tout, il fait seulement semblant de ne pas comprendre pour faire exactement c' qui lui plaît. » Et, de nouveau, la colère et l'indignation se peignirent sur son visage.

« Je ne peux comprendre comment un homme qui se dit chrétien, clama-t-elle, puisse faire venir ici une fille innocente pour la donner à un pauvre type comme ça. Je n'arrive pas à comprendre. Non ! », et elle hochait vigoureusement la tête et ses yeux bleus regardaient au loin, consternés. Au bout d'un instant il secoua les épaules, et laissa tomber les bras comme s'il était épuisé. « Noir, c'est égal pour elle, dit-il. Elle au camp trois ans. »

Mrs. Mc Intyre eut l'impression que ses genoux allaient se dérober sous elle.

« Mr. Guizac, dit-elle, je ne veux plus avoir à vous reparler de ça. Si vous continuez, vous vous trouverez une autre place vous-même. »

Il resta muet. Elle eut l'impression qu'il ne la voyait pas. « Cette ferme est à moi, dit-elle, et c'est à moi de décider qui peut y venir et qui ne le peut pas.

— Oui, dit-il, et il remit sa casquette.

— Je ne suis pas responsable de la misère du monde, dit-elle après coup.

— Oui, dit-il.

— Vous avez une bonne place. Je ne suis même pas sûre que vous m'en soyez reconnaissant, ajouta-t-elle.

— Oui », dit-il, et, avec un léger haussement d'épaules, il retourna au tracteur.

Elle le regarda monter sur la machine et pénétrer dans le maïs. Quand il fut passé devant elle et qu'il eut disparu, elle monta au sommet de la côte et s'arrêta, bras croisés, en regardant le champ d'un œil sombre. « Ils sont tous les mêmes, marmonna-t-elle, qu'ils viennent de Pologne ou du Tennessee. Je suis venue à bout des Herrin, et des Ringfield, et des Shortley ; je materai un Guizac aussi. » Et son regard se rétrécit, se referma ainsi qu'une tenaille sur la silhouette qui décroissait, comme si elle l'eût regardée dans la mire d'un fusil. Toute sa vie, elle avait lutté contre le trop-plein du monde et maintenant il était installé chez elle sous la forme d'un Polonais. « Tu ressembles à tous les autres, dit-elle, sauf que tu es débrouillard, économe et énergique. Mais moi aussi. Et ici, je suis chez moi. » La petite silhouette au chapeau noir, en blouse noire, au visage de chérubin vieillissant, se redressa : elle croisa les bras comme si elle eût défié le monde entier. Mais son cœur battait comme sous le choc de quelque violence secrète. Elle ouvrit les yeux pour embrasser tout le champ, et la forme sur le tracteur en fut réduite à la dimension d'une sauterelle.

Elle resta là quelque temps. Il y avait une brise légère et le maïs ondoyait en amples vagues sur les deux pentes de la colline. La grande ensileuse, avec son ronflement monotone, continuait sans trêve à le hacher et à le projeter dans la remorque. Avant la tombée de la nuit, la Personne Déplacée achèverait ses derniers cercles, et il ne resterait plus, au flanc des deux collines, que le chaume et, juste au centre, tel un petit îlot qui émerge des flots, le tombeau où gisait le Juge, grimaçant sous son monument profané.

Le prêtre, son long visage suave appuyé sur un doigt, parlait depuis dix minutes du Purgatoire à Mrs. Mc Intyre, qui, assise en face de lui dans un fauteuil de la véranda, le regardait d'un air furieux. Elle avait apporté deux verres de limonade et elle ne cessait de faire cliqueter les morceaux de glace dans son verre, et d'agiter son collier, son bracelet, comme un poney impatient fait tinter les clochettes de son harnais. « Il n'y a aucune obligation morale à le garder, se disait-elle, absolument aucune. » Elle se leva brusquement et sa voix trancha dans le jargon du prêtre comme une scie mécanique. « Écoutez, dit-elle, je ne fais pas de théologie, je suis une femme pratique. Je veux vous parler de quelque chose de pratique.

— Arrrr ! », grogna-t-il, en s'arrêtant dans un grincement.

Elle avait mis un bon doigt de whisky dans son verre, pour pouvoir endurer la longue visite du prêtre, puis elle s'était assise maladroitement dans son fauteuil, surprise de découvrir qu'il était moins profond qu'elle ne le pensait. « Mr. Guizac ne donne pas satisfaction », dit-elle.

Le vieil homme leva un sourcil faussement étonné. « Il n'est qu'en surnombre, dit-elle. Il ne s'adapte pas. Il me faut quelqu'un qui s'adapte. »

Le prêtre retourna avec soin son chapeau sur ses genoux. Dans de tels cas, il avait un petit truc à lui, qui consistait à attendre une seconde en silence, puis à relancer la conversation dans les voies de son choix. Il avait environ quatre-vingts ans. Elle n'avait jamais rencontré de prêtre catholique avant qu'elle eût chargé celui-ci de lui trouver une « Personne Déplacée ». Lorsqu'il lui eut procuré les Polonais, il avait profité de leur installation pour essayer de la convertir — tout comme elle s'y attendait.

« Donnez-lui le temps, dit le vieillard ; il apprendra à s'adapter. Où est votre si superbe oiseau ? demanda-t-il, et il dit : Arrrr, je le vois. »

Il se leva et regarda la pelouse où s'avançaient le paon et les deux femelles, précautionneusement, et leurs longs cous hérissés de plumes d'un bleu très vif chez le paon, d'un vert argenté chez les paonnes, étincelaient au soleil de l'après-midi déclinant.

« Mr. Guizac, attaqua Mrs. Mc Intyre d'une voix égale et neutre, est très compétent. Je l'admets. Mais il n'arrive pas à s'entendre avec mes nègres, et ils ne l'aiment pas. Je ne peux pas le laisser chasser mes nègres. Et puis, je n'aime pas son attitude : il n'a pas la moindre reconnaissance. »

Le prêtre avait la main sur la porte et l'ouvrit, prêt à s'esquiver. « Arrrr, il faut que je parte, murmura-t-il.

— Je vous préviens que si j'avais un Blanc qui comprenne les Noirs, il me faudrait rendre sa liberté à Mr. Guizac », déclara-t-elle en se levant.

Il se retourna alors, et la regarda droit dans les yeux. « Il n'a nulle part où aller », dit-il. Puis ajouta : « Madame, je vous connais assez bien pour savoir que vous ne voudriez pas le mettre à la porte pour une bagatelle », et, sans attendre une réponse, il leva la main, et lui donna sa bénédiction d'une voix sourde.

Elle eut un petit sourire irrité et dit : « En tout cas, je n'y suis absolument pour rien. »

Le prêtre détourna son regard vers les paons. Ils étaient arrivés au milieu de la pelouse. Le mâle s'arrêta longuement, rejetant en arrière son col incurvé, il dressa sa queue et la déploya en une cascade de frémissements chatoyants. Des rangs superposés de petits soleils rebondis flottèrent au-dessus de sa tête dans une brume verte et dorée. Le prêtre était en extase, bouche bée. Mrs. Mc Intyre se dit qu'elle n'avait jamais vu vieillard aussi stupide.

« Le Christ reviendra ainsi », déclara-t-il d'une voix forte et joyeuse, et il s'essuya les lèvres du revers de la main, fasciné. Le visage de Mrs. Mc Intyre prit une rigidité puritaine et elle rougit. Le Christ mêlé à la conversation la mettait aussi mal à l'aise que les problèmes sexuels avaient gêné sa mère.

« Ce n'est pas ma faute si Mr. Guizac ne sait où aller, dit-elle. Je ne m'estime pas responsable de tous les gens dont on ne sait que faire sur cette planète. » Le vieillard ne parut pas entendre. Toute son attention était concentrée sur le paon, qui maintenant reculait à pas menus, la tête rejetée contre sa queue déployée. « La Transfiguration », murmura le prêtre. Elle n'avait pas la moindre idée de ce dont il parlait. « Mr. Guizac n'avait pas à venir ici, pour commencer », dit-elle, en lui jetant un regard dur. Le paon replia sa queue et se mit à picorer l'herbe.

« Il n'avait pas à venir, pour commencer », répéta-t-elle, en insistant sur chaque mot.

Le vieil homme sourit distraitement. « Il est venu nous racheter », dit-il ; il lui tendit la main en un geste suave, et dit qu'il devait partir.

Si Mr. Shortley n'était pas revenu quelques semaines plus tard, elle aurait cherché à embaucher un nouvel ouvrier agricole. Elle n'avait pas souhaité son retour, mais quand elle vit l'auto noire familière prendre la route de la ferme et s'arrêter à côté de la maison, elle eut l'impression que c'était elle qui revenait après un long voyage malheureux. Elle s'aperçut soudain que c'était Mrs. Shortley qui lui avait manqué. Elle n'avait eu personne avec qui parler depuis que Mrs. Shortley était partie, et elle se précipita à la porte, pour voir la lourde silhouette de Shortley se hisser marche à marche.

Il était seul. Il avait un chapeau de feutre noir et une chemise imprimée de palmiers rouges et bleus, mais les rides de sa figure tannée et couverte de boutons étaient plus profondes qu'un mois auparavant.

« Eh bien ! dit-elle, où est Mrs. Shortley ? »

Mr. Shortley ne répondit rien. L'altération de

son visage paraissait provoquée par quelque cause profonde ; il ressemblait à un homme qui fût resté longtemps sans boire. « C'était un ange, dit-il d'une voix forte, c'était la femme la plus douce du monde.

— Où est-elle ? murmura Mrs. Mc Intyre.

— Morte, dit-il. Elle a eu une attaque le jour où qu'elle est partie d'ici. »

Le visage de Mr. Shortley avait la rigidité de la mort. « Je m' figure que c'est ce Polonais qui l'a tuée, dit-il. Elle a vu clair en lui dès le début. Elle savait qu'il venait du diable. Elle me l'a dit. »

Il fallut trois jours à Mrs. Mc Intyre pour se remettre de la mort de Mrs. Shortley. Elle se disait que tout le monde aurait pu les considérer comme des parentes. Elle reprit Mr. Shortley à son service, bien qu'en fait elle n'eût pas besoin de lui sans sa femme. Elle lui dit qu'elle allait donner ses trente jours de préavis à la Personne Déplacée dès la fin de ce mois, et qu'il pourrait alors le remplacer à la laiterie.

Mr. Shortley eût préféré retrouver ses vaches tout de suite, mais il attendrait, puisqu'il le fallait. Il dit que ça lui ferait plaisir de voir partir le Polonais, et Mrs. Mc Intyre déclara qu'elle en serait ravie. Elle avoua qu'elle aurait dû se contenter de la main-d'œuvre qu'elle avait au début, et ne pas aller en chercher au bout du monde. Mr. Shortley dit qu'il n'aimait guère les étrangers depuis qu'il avait fait la Première Guerre mondiale, qu'il savait comment ils étaient. Il en avait rencontré de toutes les espèces, dans cette guerre, mais aucun d'entre eux n'était comme les gars d'ici. Il dit qu'il se rappelait la figure d'un type qui lui avait balancé une grenade, et qu'il avait des petites lunettes rondes exactement comme celles de Mr. Guizac.

« Mais Mr. Guizac est polonais, il n'est pas allemand, dit Mrs. Mc Intyre.

— Y a pas grande différence entre les deux », avait expliqué Mr. Shortley.

Les nègres étaient heureux de revoir Mr. Shortley. Le Polonais eût volontiers exigé qu'ils fournissent le même travail que lui, tandis que Mr. Shortley acceptait leurs limites. Lui-même n'avait jamais été un travailleur acharné, même lorsque Mrs. Shortley était là pour l'épauler ; sans elle, il était encore plus distrait et plus lent. Le Polonais travaillait avec plus d'ardeur que jamais, et semblait ne pas soupçonner qu'on allait le congédier. Mrs. Mc Intyre le voyait accomplir en un tour de main des travaux qui lui avaient paru irréalisables. Pourtant, elle était résolue à se débarrasser de lui. La vue de cette petite silhouette raide et remuante lui était devenue intolérable ; de plus, elle avait le sentiment que le vieux prêtre l'avait dupée. Il avait bien dit que la loi ne l'obligeait aucunement à garder le Polonais s'il ne donnait pas satisfaction, mais avait fait intervenir l'obligation morale.

Elle se proposait de lui dire que son obligation morale *à elle* ne s'appliquait qu'à ses compatriotes, à Mr. Shortley, qui avait combattu dans la guerre mondiale pour la défense de son pays, et non point à ce Mr. Guizac qui n'était arrivé ici que pour profiter au mieux de la situation. Elle sentit qu'elle devrait s'en expliquer avec le prêtre avant de congédier la Personne Déplacée. Le premier du mois arriva et le prêtre n'avait point reparu ; elle décida d'attendre encore quelques jours pour remettre son préavis au Polonais.

Mr. Shortley se disait qu'il aurait dû se douter qu'aucune femme ne fait ce qu'elle dit quand elle dit qu'elle va le faire. Il ne savait pas s'il s'accommoderait de ces hésitations perpétuelles. À son avis, elle s'attendrissait, elle hésitait à mettre le Polonais à la porte de crainte qu'il n'ait du mal à trouver une autre place. Sur ce point, il pourrait lui dire la vérité vraie : si elle lui rendait sa liberté, dans trois ans il aurait sa maison à lui et une antenne de télévision sur le toit. Mr. Shortley jugea politique de venir à sa porte tous les soirs pour lui exposer certains faits. « Quelquefois un Blanc n'est pas aussi considéré qu'un nègre, disait-il, mais ça n'a pas d'importance parce qu'il est toujours blanc ; parfois, pourtant — et là il s'arrêtait et son regard fuyait vers l'horizon —, un homme qui a combattu, qui a été blessé et qui est mort au service de sa patrie n'est pas aussi estimé que l'un de ceux qu'il a combattus. J' vous l' demande : est-ce que c'est juste ? »

Quand il lui posait ces questions, il observait son visage et était persuadé qu'elle était troublée. Elle ne semblait pas bien portante en ce moment. Il remarqua les rides autour de ses yeux, qui n'existaient pas du temps que

Mrs. Shortley et lui étaient les seuls domestiques blancs dans la ferme. Et toutes les fois qu'il pensait à Mrs. Shortley, il sentait son cœur s'enfoncer comme un vieux seau dans un puits à sec.

Le prêtre se gardait de paraître, comme s'il eût été effrayé par sa dernière visite, mais finalement, comme le Polonais n'était toujours pas congédié, il se risqua à revenir, pour reprendre l'instruction religieuse de Mrs. Mc Intyre au point où il se souvenait de l'avoir laissée. Jamais elle ne lui avait demandé de l'éclairer sur ces problèmes, mais c'était plus fort que lui : dans toutes les conversations, quel que fût l'interlocuteur, il introduisait une petite définition de l'un des sacrements, ou de quelque dogme. Il s'asseyait dans la véranda, et ignorait l'expression mi-moqueuse, mi-offusquée de Mrs. Mc Intyre tandis que dans son fauteuil elle agitait le pied en guettant l'occasion de lui river son clou.

« Car, dit-il comme s'il parlait d'un événement de la veille, lorsque Dieu a envoyé son Fils unique, Jésus-Christ Notre-Seigneur — il inclina légèrement la tête — pour racheter l'humanité, Il...

— Père Flynn ! dit-elle d'une voix qui le fit

sursauter, je veux vous parler de quelque chose de sérieux ! »

Sous l'œil droit du vieillard, la peau eut un tressaillement.

« De mon point de vue, déclara-t-elle en lui jetant un regard féroce, le Christ n'était qu'une Personne Déplacée, lui aussi. »

Il leva un peu les mains et les laissa retomber sur ses genoux.

« Arrrr, murmura-t-il comme s'il réfléchissait sur ses paroles.

— Je vais lui dire de reprendre sa liberté, déclara-t-elle, je n'ai aucune obligation envers cet homme. Je n'en ai qu'envers ceux qui ont fait quelque chose pour leur pays, je ne dois rien à ceux qui ne sont venus ici que pour tirer profit de tout ce qu'ils peuvent trouver... »

Elle accéléra son débit, car les arguments affluaient à sa mémoire. On eût dit que l'attention du prêtre s'éloignait furtivement jusqu'à quelque oratoire privé, pour y attendre que passât l'orage. Une ou deux fois, son regard tenta de s'égarer vers la pelouse, comme s'il cherchait quelque échappatoire. Mais elle ne s'arrêta pas. Elle lui dit qu'il y avait trente ans qu'elle était dans cette ferme, qu'elle préservait à grand-peine son patrimoine contre les entreprises de ceux qui venaient de nulle part et n'allaient nulle part, et qui n'avaient d'autre désir que de se payer une auto. Elle avait découvert qu'ils étaient tous les mêmes, qu'ils soient originaires de Pologne ou du Tennessee. Quand les Guizac se sentiraient prêts, ils n'hésiteraient pas à la quitter. Elle lui déclara que les gens qui paraissaient riches étaient les plus pauvres de tous parce qu'ils avaient le plus de frais. « Comment croyez-vous, lui demanda-t-elle, que je paie mes notes de fourrage ? » Elle lui dit qu'elle voudrait bien faire ravaler sa maison, mais qu'elle ne pouvait se le permettre. Elle ne pouvait même pas se permettre de faire restaurer le monument sur la tombe de son pauvre mari. Elle lui demanda d'essayer de deviner le montant de ses primes d'assurances pour l'année. Elle lui demanda enfin s'il croyait qu'elle était cousue d'or, et le vieil homme émit une sorte de beuglement affreux, comme si c'était là une question comique.

Quand la visite fut terminée, elle se sentit accablée, bien qu'elle l'eût nettement emporté sur le prêtre. Elle décida sur-le-champ que, le premier du mois, elle donnerait à la Personne Déplacée son préavis de trente jours, et elle en informa Mr. Shortley.

Mr. Shortley resta muet. Son épouse avait été la seule femme à sa connaissance qui ne reculât jamais, une fois sa décision prise. Elle disait que le Polonais avait été envoyé par le diable et par le prêtre. Mr. Shortley ne doutait pas que ce curé exerçât une certaine influence sur Mrs. Mc Intyre et qu'avant longtemps on la verrait assister à ses messes. On eût dit qu'elle se rongeait par le dedans : elle était plus maigre, plus nerveuse et moins vive d'esprit. Maintenant elle regardait un bidon de lait sans s'apercevoir qu'il était sale, et il l'avait vue remuer les lèvres lorsqu'elle se trouvait seule. Le Polonais ne faisait jamais rien de travers, mais il l'irritait tout autant. Quant à Mr. Shortley, il n'en faisait qu'à son bon plaisir et elle semblait ne pas s'en apercevoir, même si elle en était contrariée. Elle n'avait pas été sans remarquer que le Polonais et sa famille engraissaient ; elle signala à Mr. Shortley que leurs joues s'étaient remplies et qu'ils mettaient de côté tout ce qu'ils gagnaient.

« Oui, madame, et un de ces jours il pourra tout racheter et s'installer à votre place, avait-il risqué — il constata que l'affirmation l'avait ébranlée.

— Attendez seulement le premier du mois », avait-elle déclaré.

Mr. Shortley attendit, le premier arriva, et personne ne fut renvoyé. Tout se passa comme il l'avait prévu. Mr. Shortley n'était pas un violent, mais il détestait qu'une femme se fît rouler par un étranger. Un homme ne pouvait laisser faire sans réagir.

Rien ne s'opposait au renvoi immédiat de Mr. Guizac, mais elle en repoussait de jour en jour l'échéance. Elle était préoccupée par ses factures et par sa santé. La nuit elle ne dormait pas, ou s'il lui arrivait de s'assoupir elle rêvait au Polonais. Elle n'avait encore jamais congédié personne, on l'avait quittée. Une nuit, elle rêva que Mr. Guizac et sa famille s'installaient chez elle et qu'elle déménageait pour aller vivre chez Mr. Shortley. Cela dépassait les bornes : elle se réveilla et ne put trouver le sommeil pendant plusieurs nuits. Une autre fois, elle rêva que le prêtre venait la voir et ronronnait : « Chère madame, je sais que votre cœur si tendre ne vous laissera pas renvoyer ce pauvre homme. Pensez aux milliers de pauvres gens comme lui, pensez aux fours crématoires, aux wagons de déportation, aux camps, aux enfants malades et à Notre-Seigneur Jésus-Christ.

— Il est de trop ici, il a mis la pagaille partout, répondait-elle. Moi je suis une femme pratique et logique : ici il n'y a pas de fours, ni de camps, ni de Notre-Seigneur Jésus-Christ, et puis, s'il part, il gagnera davantage. Il travaillera à l'usine, achètera une voiture — qu'on ne me raconte pas d'histoires, tout ce qu'ils veulent, c'est une auto.

— Les fours, les wagons et les enfants malades, ronronnait le prêtre, et Notre-Seigneur Jésus-Christ. »

« C'en est trop ! » dit-elle.

Le lendemain matin, en prenant son petit déjeuner, elle décida d'aller lui signifier son congé sur-le-champ ; elle se leva, sortit de la cuisine avec sa serviette de table à la main. Mr. Guizac passait l'étable au pulvérisateur, le dos cambré et une main sur la hanche, sa position habituelle. Il arrêta le jet et la regarda d'un air impatient, comme si elle le dérangeait dans son travail. Elle n'avait pas pensé à ce qu'elle dirait, elle était simplement venue. Elle resta à la porte de l'étable et parcourut d'un œil sévère le sol impeccable et les étais ruisselants.

« Ça va ? dit-il.

— Mr. Guizac, dit-elle, je n'arrive plus à faire face à mes obligations. »

Puis, d'une voix plus forte et plus ferme, en appuyant sur chaque mot : « J'ai des factures à payer.

— Moi aussi, dit Mr. Guizac. Beaucoup de factures, peu d'argent », et il haussa les épaules.

À l'autre bout de l'étable, elle vit une ombre longue au nez busqué se glisser comme un serpent et s'arrêter à mi-chemin de la porte ouverte et baignée de soleil ; derrière elle, le silence régna soudain, là où elle avait perçu le bruit des pelles des nègres. « Je suis chez moi, dit-elle rageusement. Vous êtes tous de trop, tous autant que vous êtes.

— Oui », dit Mr. Guizac, et il rouvrit le robinet.

Elle s'essuya la bouche avec la serviette qu'elle

avait à la main, puis sortit comme si elle avait mené à bien sa tâche.

L'ombre de Mr. Shortley s'éloigna de la porte ; il s'appuya contre le mur et alluma la moitié d'une cigarette qu'il tira de sa poche. Maintenant, il ne pouvait plus qu'attendre que la main de Dieu se décidât à frapper, mais une chose était certaine : il n'attendrait pas sans rien dire. Le jour même, il se mit à exposer son point de vue et ses griefs à qui voulait l'entendre, noir ou blanc ; à l'épicerie comme au tribunal, au coin de la rue et en la présence même de Mrs. Mc Intyre, car c'était un homme qui avait son franc-parler. Si le Polonais avait été en mesure de comprendre ce qu'il avait à dire, il le lui aurait fait savoir sans ménagement. « Tous les hommes ont été créés libres et égaux, dit-il à Mrs. Mc Intyre, et pour le prouver j'ai risqué ma vie. J'ai été de l'aut' côté de l'eau, je m' suis battu. J'ai versé mon sang, j'ai souffert, j' suis mort et j' suis revenu — et pour quoi ? pour voir ceux que j'ai combattus installés à ma place. J'ai manqué d'être tué par une grenade. J'ai vu celui qui m' la lancée : un p'tit bonhomme avec des lunettes comme les siennes. Ils les avaient peut-être achetées à la même boutique. Le monde est si petit ! » et il eut un rire amer. Comme Mrs. Shortley n'était plus là pour faire des discours, il s'était mis à en faire lui-même et s'était aperçu qu'il était assez doué : les gens le suivaient sans effort. Il parlait beaucoup aux nègres.

« Pourquoi que tu retournes pas en Afrique ? demanda-t-il à Sulk un matin, en nettoyant le silo. C'est ton pays, non ?

— J' veux pas y aller, dit le garçon. Ils pourraient m' manger.

— Si tu te tiens tranquille, y a pas de raison pour que tu restes pas ici, dit Mr. Shortley. Tu t'es pas sauvé de nulle part. On a amené ton grand-père de force ; lui, ça lui disait rien de venir. Ceux que j' peux pas sentir, c'est ceux qui se sont sauvés du pays d'où qu'ils viennent.

— J'ai jamais eu envie de voyager, dit le nègre.

— Moi, dit Mr. Shortley, si jamais je devais r'commencer à voyager, ce serait en Chine ou en Afrique. Si tu vas dans un de ces deux patelins, tu peux dire tout de suite c' qu'il y a de différent entre eux et nous. Ailleurs, le seul moyen d' savoir, c'est quand ils s' mettent à causer. Et encore, on peut pas toujours se rendre compte, vu que la moitié savent l'anglais. C'est là où qu'on a fait une gaffe : fallait pas pousser tous ces gens à apprendre l'anglais. Il y aurait sacrément moins d'ennuis si chacun n' connaissait que sa langue à lui. Ma défunte femme disait que connaître deux langues c'était comme avoir des yeux derrière la tête. Y' avait pas moyen d' lui en faire accroire, à elle.

— Pas vous, pour sûr, marmonna le garçon, qui ajouta : Elle était gentille, pour ça oui. J'ai jamais connu une Blanche aussi gentille qu'elle. »

Mr. Shortley se détourna et travailla un instant en silence. Puis il se redressa et, avec le manche de sa pelle, tapota sur l'épaule du Noir. Son regard mouillé se fixa une seconde sur le garçon. Puis il murmura, profond et mystérieux : « La vengeance m'appartient, a dit le Seigneur. » Mrs. Mc Intyre s'aperçut qu'en ville tout le monde connaissait la version Shortley et qu'on critiquait unanimement sa conduite à elle. Elle avait conscience maintenant qu'elle était moralement obligée de renvoyer le Polonais et que, si elle ne l'avait fait jusque-là, c'était à cause de la difficulté de la démarche. Elle ne pouvait supporter davantage cette impression de culpabilité, chaque jour plus lancinante : un samedi matin, elle alla le trouver pour le congédier. Elle se dirigea vers le hangar des machines où il faisait démarrer le moteur du tracteur. Le sol était gelé et les champs ressemblaient à des bandes de moutons au dos rugueux. Le soleil était d'une blancheur argentée et, au-dessus de l'horizon, les arbres hérissaient les lances de leurs rameaux dénudés. On eût dit que le paysage reculait du petit cercle sonore autour du hangar. Mr. Guizac était accroupi à côté du petit tracteur et y ajustait une pièce. Mrs. Mc Intyre espérait que le champ serait retourné pendant les trente jours que le Polonais passerait encore à la ferme. Le jeune nègre était debout auprès de lui, des outils à la main, et Mr. Shortley s'apprêtait à monter sur le gros tracteur et à le sortir du hangar en marche arrière. Elle avait l'intention d'attendre le départ de Shortley et du nègre pour se libérer de sa corvée. Immobile, elle regardait Mr. Guizac et battait la semelle sur le sol durci, car le froid lui montait au long des jambes et la paralysait. Elle avait un lourd manteau noir, un foulard rouge sur la tête et son chapeau noir à large bord par-dessus, pour se protéger les yeux de la lumière. Noyé dans la pénombre, son visage avait l'air absent, et deux ou trois fois ses lèvres s'agitèrent en silence. Mr. Guizac, par-dessus le bruit du tracteur, cria au nègre de lui passer un tournevis, le saisit, puis se retourna sur le dos et se glissa sous le tracteur. Elle ne voyait pas son visage, elle ne voyait que les pieds, les jambes et le tronc qui dépassaient avec une sorte d'insolence. Ses bottes de caoutchouc étaient craquelées et souillées de boue. Il leva un genou, puis le baissa, et pivota légèrement. Ce qu'elle lui reprochait le plus, c'était qu'il ne fût pas parti de lui-même.

Mr. Shortley était monté sur le gros tracteur et le sortait maintenant du hangar. On eût dit que le tracteur le réchauffait, comme si sa chaleur et sa puissance envoyaient dans son corps un influx auquel il obéissait instantanément. Il remonta en marche arrière le plan légèrement incliné, l'avant de sa machine pointé sur le petit tracteur, puis s'arrêta, bloqua le frein, sauta du siège et revint au hangar. Mrs. Mc Intyre avait les yeux fixés sur les jambes de Mr. Guizac, maintenant allongées de tout leur long. Elle entendit le frein du gros tracteur se déclencher, leva les yeux et vit la lourde machine hésiter puis s'ébranler. Plus tard seulement, elle se rappela que le nègre avait, d'un bond silencieux, évité la machine, comme si un ressort sous ses pieds l'eût propulsé ; elle avait vu Mr. Shortley tourner la tête avec une incroyable lenteur et regarder par-dessus son épaule, silencieusement ; elle avait voulu crier « attention ! » à la Personne Déplacée, mais était restée muette. Son regard, celui de Shortley et celui du nègre s'étaient rencontrés, fondus en un unique et terrible regard qui faisait d'eux des complices pour l'éternité ; puis elle avait entendu le petit bruit de la colonne vertébrale du Polonais quand la roue du tracteur avait passé dessus. Alors les deux hommes s'étaient précipités et elle s'était évanouie.

Lorsqu'elle revint à elle, elle se souvint d'avoir couru sans but, peut-être vers la maison, y être entrée, en être ressortie, mais elle ne pouvait se souvenir si vraiment elle s'y était encore évanouie, ni pour quelle raison. Lorsqu'elle regagna finalement le hangar, l'ambulance était arrivée. Le corps de Mr. Guizac était invisible : sa femme et ses deux enfants étaient penchés dessus avec un homme en noir qui murmurait des mots qu'elle ne comprenait pas. Tout d'abord elle le prit pour le médecin, mais, à sa grande gêne, elle reconnut bientôt le prêtre, qui était venu avec l'ambulance et glissait quelque chose dans la bouche du mort. Quand le prêtre se redressa, elle vit d'abord les jambes de pantalon ensanglantées, puis le visage non point détourné d'elle, mais aussi lointain et indifférent que le paysage alentour. Elle regardait, dans un état voisin de l'hébétude. Il lui semblait être dans un pays étranger, où les gens courbés sur le corps étaient des indigènes, et elle une étrangère qui regardait le mort que l'ambulance emportait.

Le soir même, Mr. Shortley disparut sans prévenir, et un désir soudain de parcourir le monde s'empara de Sulk qui partit pour le Sud. Quant au vieil Astor, il ne pouvait travailler sans compagnie. Mrs. Mc Intyre se rendit à peine compte que tous l'avaient abandonnée : elle fit une dépression nerveuse et dut aller à l'hôpital.

Lorsqu'elle en revint, elle comprit que cette ferme était trop lourde pour elle ; elle fit vendre toutes ses vaches aux enchères, et le vendeur s'en défit à perte ; puis elle cessa toute activité et vécut avec ce qui lui restait, en essayant de sauvegarder sa santé chancelante ; une jambe se paralysa, puis les mains et la tête furent saisies de tremblements ; finalement, elle resta clouée à son lit avec une seule négresse pour s'occuper d'elle. Sa vue déclina, et elle perdit totalement la parole. Peu de gens songeaient à aller la voir au fond de sa campagne — sauf le vieux prêtre. Il venait régulièrement une fois par semaine, avec un sac de croûtes : après les avoir données au paon, il entrait, s'asseyait auprès du lit de la malade, et lui expliquait les doctrines de l'Église.

## DÉCOUVREZ LES FOLIO À 2 €

*Parutions d'octobre 2005*

M. DE CERVANTÈS *La petite gitane*

Un portrait de femme coloré et romanesque, une nouvelle poétique et baroque par l'auteur de *Don Quichotte.*

G. K. CHESTERTON *Trois enquêtes du Père Brown*

Trois enquêtes pleines d'humour et de fantaisie du détective du Bon Dieu.

COLLECTIF *«Dansons autour du chaudron» Les sorcières de la littérature*

Venez danser la sarabande infernale des sorcières en compagnie des plus grands écrivains !

F. S. FITZGERALD *Une vie parfaite* suivi de *L'accordeur*

F. S. Fitzgerald dresse le portrait de héros insouciants, capricieux et tourmentés, confrontés aux réalités de l'existence, et, à travers eux, d'une génération perdue.

J. GIONO *Prélude de Pan et autres nouvelles*

Quatre nouvelles au goût amer, quatre textes marqués par le mal qui ronge le cœur des paysans.

K. MANSFIELD *Mariage à la mode* précédé de *La Baie*

Par petites touches lumineuses et justes, Katherine Mansfield esquisse des portraits pleins de finesse et de sensibilité.

P. MICHON *Vie du père Foucault — Vie de Georges Bandy*

Deux vies minuscules, ordinaires, transfigurées par le talent de Pierre Michon qui s'attache à restituer le réel avec justesse et lyrisme.

F. O'CONNOR *Un heureux événement* suivi de *La Personne Déplacée*

Avec une très grande justesse, Flannery O'Connor met en scène des personnages qui ont peur, peur d'eux-mêmes et des autres, et que la souffrance rend méchants.

C. PELLETIER — *Intimités et autres nouvelles*

Quatre nouvelles très noires dans lesquelles le quotidien d'héroïnes ordinaires bascule soudain dans le cauchemar.

L. DE VINCI — *Prophéties* précédé de *Philosophie* et *Aphorismes*

Avec un grand mépris des superstitions et de la crédulité des hommes, Léonard de Vinci, au gré des pages, livre ses pensées, une sagesse pratique et sa vision très personnelle du monde.

*Dans la même collection*

R. AKUTAGAWA — *Rashômon et autres contes* (Folio n° 3931)

M. AMIS — *L'état de l'Angleterre* précédé de *Nouvelle carrière* (Folio n° 3865)

H. C. ANDERSEN — *L'elfe de la rose et autres contes du jardin* (Folio n° 4192)

ANONYME — *Le poisson de jade et l'épingle au phénix* (Folio n° 3961)

ANONYME — *Saga de Gísli Súrsson* (Folio n° 4098)

G. APOLLINAIRE — *Les Exploits d'un jeune don Juan* (Folio n° 3757)

ARAGON — *Le collaborateur et autres nouvelles* (Folio n° 3618)

I. ASIMOV — *Mortelle est la nuit* précédé de *Chante-cloche* (Folio n° 4039)

H. DE BALZAC — *L'Auberge rouge* (Folio n° 4106)

T. BENACQUISTA — *La boîte noire et autres nouvelles* (Folio n° 3619)

K. BLIXEN — *L'éternelle histoire* (Folio n° 3692)

M. BOULGAKOV — *Endiablade* (Folio n° 3962)

R. BRADBURY — *Meurtres en douceur et autres nouvelles* (Folio n° 4143)

L. BROWN — *92 jours* (Folio n° 3866)

S. BRUSSOLO — *Trajets et itinéraires de l'oubli* (Folio n° 3786)

| | |
|---|---|
| J. M. CAIN | *Faux en écritures* (Folio n° 3787) |
| A. CAMUS | *Jonas ou l'artiste au travail* suivi de *La pierre qui pousse* (Folio n° 3788) |
| T. CAPOTE | *Cercueils sur mesure* (Folio n° 3621) |
| T. CAPOTE | *Monsieur Maléfique et autres nouvelles* (Folio n° 4099) |
| A. CARPENTIER | *Les Élus et autres nouvelles* (Folio n° 3963) |
| C. CASTANEDA | *Stopper-le-monde* (Folio n° 4144) |
| R. CHANDLER | *Un mordu* (Folio n° 3926) |
| E. M. CIORAN | *Ébauches de vertige* (Folio n° 4100) |
| COLLECTIF | *Au bonheur de lire* (Folio n° 4040) |
| COLLECTIF | *Des mots à la bouche* (Folio n° 3927) |
| COLLECTIF | *Il pleut des étoiles...* (Folio n° 3864) |
| COLLECTIF | *« Leurs yeux se rencontrèrent... »* (Folio n° 3785) |
| COLLECTIF | *« Ma chère Maman... »* (Folio n° 3701) |
| COLLECTIF | *« Mourir pour toi »* (Folio n° 4191) |
| COLLECTIF | *« Parce que c'était lui ; parce que c'était moi »* (Folio n° 4097) |
| COLLECTIF | *Un ange passe* (Folio n° 3964) |
| CONFUCIUS | *Les Entretiens* (Folio n° 4145) |
| J. CONRAD | *Jeunesse* (Folio n° 3743) |
| J. CORTÁZAR | *L'homme à l'affût* (Folio n° 3693) |
| D. DAENINCKX | *Ceinture rouge* précédé de *Corvée de bois* (Folio n° 4146) |
| D. DAENINCKX | *Leurre de vérité et autres nouvelles* (Folio n° 3632) |
| R. DAHL | *L'invité* (Folio n° 3694) |
| R. DAHL | *Gelée royale* précédé de *William et Mary* (Folio n° 4041) |
| S. DALI | *Les moustaches radar (1955-1960)* (Folio n° 4101) |

| | |
|---|---|
| M. DÉON | *Une affiche bleue et blanche et autres nouvelles* (Folio n° 3754) |
| D. DIDEROT | *Lettre sur les aveugles à l'usage de ceux qui voient* (Folio n° 4042) |
| R. DUBILLARD | *Confession d'un fumeur de tabac français* (Folio n° 3965) |
| S. ENDO | *Le dernier souper et autres nouvelles* (Folio n° 3867) |
| ÉPICTÈTE | *De la liberté* précédé de *De la profession de Cynique* (Folio n° 4193) |
| W. FAULKNER | *Le Caïd et autres nouvelles* (Folio n° 4147) |
| W. FAULKNER | *Une rose pour Emily et autres nouvelles* (Folio n° 3758) |
| F. S. FITZGERALD | *La Sorcière rousse* précédé de *La coupe de cristal taillé* (Folio n° 3622) |
| C. FUENTES | *Apollon et les putains* (Folio n° 3928) |
| GANDHI | *La voie de la non-violence* (Folio n° 4148) |
| R. GARY | *Une page d'histoire et autres nouvelles* (Folio n° 3753) |
| J. GIONO | *Arcadie... Arcadie...* précédé de *La pierre* (Folio n° 3623) |
| W. GOMBROWICZ | *Le festin chez la comtesse Fritouille et autres nouvelles* (Folio n° 3789) |
| H. GUIBERT | *La chair fraîche et autres textes* (Folio n° 3755) |
| E. HEMINGWAY | *L'étrange contrée* (Folio n° 3790) |
| E. HEMINGWAY | *Histoire naturelle des morts et autres nouvelles* (Folio n° 4194) |
| C. HIMES | *Le fantôme de Rufus Jones et autres nouvelles* (Folio n° 4102) |
| E. T. A. HOFFMANN | *Le Vase d'or* (Folio n° 3791) |
| P. ISTRATI | *Mes départs* (Folio n° 4195) |
| H. JAMES | *Daisy Miller* (Folio n° 3624) |

| | |
|---|---|
| T. JONQUET | *La folle aventure des Bleus...* suivi de *DRH* (Folio n° 3966) |
| F. KAFKA | *Lettre au père* (Folio n° 3625) |
| J. KEROUAC | *Le vagabond américain en voie de disparition* précédé de *Grand voyage en Europe* (Folio n° 3694) |
| J. KESSEL | *Makhno et sa juive* (Folio n° 3626) |
| R. KIPLING | *La marque de la Bête et autres nouvelles* (Folio n° 3753) |
| LAO SHE | *Histoire de ma vie* (Folio n° 3627) |
| LAO-TSEU | *Tao-tö king* (Folio n° 3696) |
| J. M. G. LE CLÉZIO | *Peuple du ciel* suivi de *Les bergers* (Folio n° 3792) |
| H. P. LOVECRAFT | *La peur qui rôde et autres nouvelles* (Folio n° 4196) |
| P. MAGNAN | *L'arbre* (Folio n° 3697) |
| G. DE MAUPASSANT | *Le Verrou et autres contes grivois* (Folio n° 4149) |
| I. McEWAN | *Psychopolis et autres nouvelles* (Folio n° 3628) |
| H. MILLER | *Plongée dans la vie nocturne...* précédé de *La boutique du Tailleur* (Folio n° 3929) |
| S. MINOT | *Une vie passionnante et autres nouvelles* (Folio n° 3967) |
| Y. MISHIMA | *Dojoji et autres nouvelles* (Folio n° 3629) |
| Y. MISHIMA | *Martyre* précédé de *Ken* (Folio n° 4043) |
| M. DE MONTAIGNE | *De la vanité* (Folio n° 3793) |
| E. MORANTE | *Donna Amalia et autres nouvelles* (Folio n° 4044) |
| V. NABOKOV | *Un coup d'aile* suivi de *La Vénitienne* (Folio n° 3930) |
| P. NERUDA | *La solitude lumineuse* (Folio n° 4103) |
| K. OÉ | *Gibier d'élevage* (Folio n° 3752) |

| | |
|---|---|
| L. OULITSKAÏA | *La maison de Lialia et autres nouvelles* (Folio n° 4045) |
| C. PAVESE | *Terre d'exil et autres nouvelles* (Folio n° 3868) |
| L. PIRANDELLO | *Première nuit et autres nouvelles* (Folio n° 3794) |
| E. A. POE | *Aventure sans pareille d'un certain Hans Pfaall* (Folio n° 3862) |
| R. RENDELL | *L'Arbousier* (Folio n° 3620) |
| P. ROTH | *L'habit ne fait pas le moine* précédé de *Défenseur de la foi* (Folio n° 3630) |
| D. A. F. DE SADE | *Ernestine. Nouvelle suédoise* (Folio n° 3698) |
| D. A. F. DE SADE | *La Philosophie dans le boudoir* (Les quatre premiers dialogues) (Folio n° 4150) |
| A. DE SAINT-EXUPÉRY | *Lettre à un otage* (Folio n° 4104) |
| J.-P. SARTRE | *L'enfance d'un chef* (Folio n° 3932) |
| B. SCHLINK | *La circoncision* (Folio n° 3869) |
| L. SCIASCIA | *Mort de l'Inquisiteur* (Folio n° 3631) |
| SÉNÈQUE | *De la constance du sage* suivi de *De la tranquillité de l'âme* (Folio n° 3933) |
| G. SIMENON | *L'énigme de la* Marie-Galante (Folio n° 3863) |
| D. SIMMONS | *Les Fosses d'Iverson* (Folio n° 3968) |
| I. B. SINGER | *La destruction de Kreshev* (Folio n° 3871) |
| P. SOLLERS | *Liberté du XVIII*[e] (Folio n° 3756) |
| STENDHAL | *Féder ou Le Mari d'argent* (Folio n° 4137) |
| R. L. STEVENSON | *Le Club du suicide* (Folio n° 3934) |
| I. SVEVO | *L'assassinat de la Via Belpoggio et autres nouvelles* (Folio n° 4151) |

| | |
|---|---|
| R. TAGORE | *La petite mariée* suivi de *Nuage et soleil* (Folio n° 4046) |
| J. TANIZAKI | *Le coupeur de roseaux* (Folio n° 3969) |
| J. TANIZAKI | *Le meurtre d'O-Tsuya* (Folio n° 4198) |
| A. TCHEKHOV | *Une banale histoire* (Folio n° 4105) |
| L. TOLSTOÏ | *Le réveillon du jeune tsar et autres contes* (Folio n° 4199) |
| I. TOURGUÉNIEV | *Clara Militch* (Folio n° 4047) |
| M. TOURNIER | *Lieux dits* (Folio n° 3699) |
| M. VARGAS LLOSA | *Les chiots* (Folio n° 3760) |
| P. VERLAINE | *Chansons pour elle et autres poèmes érotiques* (Folio n° 3700) |
| VOLTAIRE | *Traité sur la Tolérance* (Folio n° 3870) |
| H. G. WELLS | *Un rêve d'Armageddon* précédé de *La porte dans le mur* (Folio n° 4048) |
| E. WHARTON | *Les lettres* (Folio n° 3935) |
| O. WILDE | *La Ballade de la geôle de Reading* précédé de *Poèmes* (Folio n° 4200) |
| R. WRIGHT | *L'homme qui vivait sous terre* (Folio n° 3970) |

*Composition Bussière.*
*Impression Novoprint*
*à Barcelone, le 8 septembre 2005.*
*Dépôt légal : septembre 2005.*
ISBN 2-07-030975-4./Imprimé en Espagne.